舜徽书系

学问思辨，乃求知之事，必先明于至善之所在，而后笃行不惑

朱峙三烽火日记（第五册）

舜徽书系

◎朱峙三／著

华中师范大学出版社

四月

初一日　晴热　四月廿三日　星期日

九时起,饭后写信二件。正午李晓波同其弟用焕来请予作保,用焕在军邮局,不日当调三斗坪,谈二时许,留之吃饭去。晚间改正师院所印课程,司马相如《长门赋》,模糊殊甚,纸劣,油印工人无技术,录事写时错又多,累予三小时乃改成,目炫睁痛矣,十一时半乃寝。

初二日　晴热　晚大南风　星斗灿耀　四月廿四日　星期一

早起食饭半碗,至省府问各事。报载平汉路敌人已占郑州,此地支持数年未失者,敌欲打通平汉,其计划已实现。吾军事机关屡言反攻，终未实行，靠英国蒙巴顿计划，伟语大言终未见之行事，印度且有敌人矣，其他尚堪问哉。到省银行会朱伊仲取买布袜等件归，饭毕又①师院上课，今日天热，行路又多，疲甚。午后四时过县志馆与凤喈先生谈一时许归。晚阅《陶庵集》，十一时寝，跳蚤嚼人，展转不寐。

初三日　早阴　九时大阵雨　午后大雨如注　水深六七寸　四月廿五日　　星期二

九时起，十时饭毕，大雨。十二时予往师院授课，行一里许风雨又来，衣湿又畏冷，遂折回寓，自是大雨如注者数小时，室暗，点灯写字。晚省府送来四函：一田紫城已得乡长。二甘肃张重心航函云仍居肃州，已为予购得枸杞付邮寄。西迁前吕受图自甘肃寄枸杞半斤，惜予未携来也。三重庆许艺农函复寻黄松庵先生地址不得，附言许学源亦在渝。四袁次璋述近况。今日未看报，不知郑州战事

---

① 又，疑应为"又至"。

如何。九时写文稿，俾作著作品送部也。十二时半寝，展转不寐。

初四日 阴雨 晚转钟以后大雨数阵 四月廿六日 星期三

八时起，以泥滑未早到院，午后始达，领得本月份薪水。三时往省府打电话至小关，不能通。至民厅问各事，五时半归。晚饭后写文稿一篇，至十二时寝。展转不寐，心烦甚。连日怄气至正事亦未做，殊可恨也。天未明又闻雨声。

初五日 早阴 旋晴 四月廿七日 星期四

八时起，饭后改旧作文写新本内。十一时林孺民、马文滨、崔冠侯来，为张宅书，谈二时许，予心烦甚。晚间写旧作文一篇，至十二时寝。

初六日　晴热　四月廿八日　星期五

早起,陈登甫来借予军制服去。予至府开例会,便购油及木油白布等等,白粗布今年涨价每尺三元,外边市价已逾卅元矣,此即公务员之福利也。下午开会予未列席,竟出至图书馆与林馆长谈半时许。遇毕斗山,刺刺不休,予乃辞出回寓。饭后足疲身软,头痛极不适,晚遂不能写抄诸作。十时寝。

初七日　早晴　九时阴　正午大雨约半时　四月廿九日　星期六

早起,饭后访陈肖峰谈半时,至周适安处谈片刻。闻周鸣皋在渝甚得意,此人精明,与朱一成契合,亦其官运亨通也。三游洞中之杨世英、周鸣皋、冯少岩、朱泽霖、周方立俱力争上游,有志竟成。予与包贡九随便度日,不求外放,是以仍消声匿迹。然只够衣食不受窘困,乃予之愿也。十二时至贡九寓吃饭，与谈师范学院近况约一时许出。至省府未久坐，大雨忽来。遂匆匆回寓，衣履俱湿。晚得刘中权函，中权，希无之子也，能自立做事，并述许学源亦在渝。又陈子谷自滇来函，述物价奇涨。傅幼虚自湘来函言该醴陵县更贵，且作诗纪之。恩施物价近日何曾低于渝、滇哉！然有钱尚能买到手，特恐将来供不应求，甚至货物汲尽，虽用多数法币亦不能得，法币更如第一次欧战时德之马克、俄之羌帖，则更可虑也。九时写文一篇，十一时寝。

初八日　早阴　微雨　午后晴　四月卅日　星期日

早起，饭后写文一篇。午后李用焕携其新婚妻来，带袜子二双、毛巾二条，均予所需用者也，以现价论值三百馀元，从前价三元已足。傍晚房主之妻来云，严立三先生卒于医院。初六省府开会，闻方白云立三先生以病重来施诊治，昨途遇石灼华、曾祥俊，尚谈及立公病状。刘仆不在寓，予乃嘱张荣华作伴道予至院，始知立公正午即殡，省府各机关联合公祭矣。棺停于外，香案中烛闪闪光，凄凉万分，其子善明与惠质夫同坐一旁，予慰问后涕泪如雨。立公心地光明，待人能恕，今之君子也。细问疾革情况毕，叩奠而归。途遇钟守元补述弥留时情况，写遗嘱而不能，全以拇指案印，尤凄惨也。噫！鄂之正人已矣，省政国事无补救之人矣，伤哉！九时归，幸有荣华扶予，否则跌已数次。十一时寝。

初九日　晴热　午后一时日有晕　五月一日　星期一

早起至师院授课，十一时回寓，便过胡凤老处谈片刻。饭后疲甚，睡二小时。晚得孟广潽函、邓实函，知玉生又添一男孩。九时写杂件，十一时寝。

初十日　晴热　午后五时半有阵雨　五月二日　星期二

早起至图书馆略坐，与马文滨同至林馆长家中，为张宅交书事，谈一时许不得结果，回寓吃饭。正午出门，过胡凤嵽处仅坐片刻，往教院授课时间尚早，与陈同唐、胡太山等改挽联、祭文，因理化系学生雷用鸣在医院病故也，现在院中为之开追悼会，并国文科柯乐善、邬义箴、刘琼生等四人同时举行。院长为雷出棺费三千元，尚存古道矣。雷生家有妻女，施南仅农学院有同乡，其籍隶礼山，民国廿年成立之新县，安、孝、陂三县截角所分者，故同乡不甚亲爱。此生予曾问话一次，现时不甚记忆。柯生则前在国文科教填词时甚稔者，闻其死在建始，已一年矣。国难未平，冤死者何止此四生哉。四时半课毕回寓，饭后作严立三先生挽并此四人挽章，均非予今年所及料者，伤哉！十一时惫甚，寝后脑筋极痛，从前痛在左边，今日移右边矣。

十一日　晴热　五月三日　星期三

早起至师院授课，讲时费力，所选之《长门赋》又深奥，此系教育部所指定课程也。午后归，晚间①《越缦堂日记补》。从前影印李莼客日记予未见过，今夕阅此书，

---

① 间，此处疑有脱漏。

其体例立言多有与予日记同其旨趣者。惟李喜攻讦人短，中有一段言在京某筵中遇其乡人某编修谈诗文，其人卑鄙，攻讦真所谓体无完肤也。此是其短，与曾涤生日记之不同者。阅至十二时方寝。

十二日　晴热　五月四日　星期四

早起带同刘仆往省府买油米均未得，买黄豆十六斤归。午后至龙洞吊严先生灵榇，与其兄谈过去事甚久，遇阎任之、贺葆三为立三先生择墓地。今日足力已疲，五时半回寓，崔、马二君来，仍为张宅不能归还书籍事，心烦乱甚，八时方去。九时阅《越缦堂日记》，中间叙事多与予之日记相合者，奇矣。十一时寝。

十三日　晴热　晚月色佳　五月五日　星期五

早起到府开例会，先与石信嘉谈片刻。朱厅长云重庆繁华不减昔之沪、汉，骄奢及各官署舞弊情形如清代，男女奢侈，每至下午四时买影戏票者途为之塞，一小户人家每月过活须二万元。可见重庆钱易赚，不虑物价高。噫！此真亡国现象也，人心尚知有抗战之事哉？午后阅报，豫西南战事极坏，敌人如入无人之境，平汉路已通，洛阳危急，西安、汉中，吾鄂之光化、枣阳亦震恐万分矣。午饭后便与窦衡之、蒋立庵、江炳灵至朱厅长宅细询国事，云中央现时手忙脚乱，对目前战局已焦灼万分矣。坐片刻归，三时有警报，我机十馀架飞起，未见敌机。至晚十一时寝，疲甚，梦闲在新宅未归。

十四日 晴热 晚月色大佳 五月六日 星期六

早起，饭毕至师院，今日院中开追悼会，为雷用鸣、柯乐善、刘琼荪、邬义箴四人先后病没，今日合举行也。雷、柯系男生，予曾教其国文诗词。刘、邬俱女生，乡教系未毕业者也。午后三时会毕，就院中剃头，四时半回寓，陈登甫在此坐候予归，与谈一时许乃去。晚早寝。

十五日　晴热　晚昙无月　五月七日　星期日

早起，八时饭毕，嘱家清检衣服并晒衣服检置楼。十二时登甫来谈甚久，并为写信与段继李调职务。午后热甚，连日飞机声呜呜轧轧，午睡不能安枕。晚阅李莼客《日记补》，对人批评有过火处。其少年时亦急功利之人，惟对亲及祖母甚孝，诗词、史学均擅长，科名得之亦不早，喜读书、购书，其学术均足以传世也。十时半寝。

十六日　晴热　晚大雨　五月八日　星期一

早起至师范授课，十二时便到省府问消息，豫南吃紧，战况极坏，得王宇澄函知渝方亦无办法，仅物价飞涨不已，而一切上下男女奢侈较从前尤甚。噫！大厦将倾，燕雀处堂，望欢乐耶？晚写杂文，看书不入，连日又为张宅书事甚烦闷，十一时寝。

十七日　雨　五月九日　星期二

八时起,饭后写信三件,致周、王、孟三人。午后为杨达五作挽严立三先生挽并代书之,又为之写祭幛二文。晚头痛,十一时寝。

十八日　晴　晚月色佳　五月九日　星期三

七时起,今晨有课,予以头痛未往。饭后至省府,知豫战不利,敌人已向南阳方而来,问之包贡九,该地数县无山阻隔,可虑也。府中人谈渝事,可为痛心。国之将亡尚争意气,行见离心离德,奈之何哉。闻谢君新自渝来,言国事民俗,真堪痛哭流涕矣。午后一时至林牖民处谈一时许未有结果,所希望于予往者,予实不愿往矣。此真无味怄气者也。吾乡家事,此地课程交际,更兼近时时局不利,心烦意乱,脑筋益痛,身体愈弱,所谓百忧撼其心也。十一时半寝,今夕闻警报三次。

十九日　晴热　五月十一日　星期四

六时起闻警报，饭后未作事，正午睡一小时。午后至县志馆，志纯、豫生、春霆、养吾诸老均在座。转述渝事无佳况，河南战事极坏。四时半，杨维领武昌人民厅科员持谈君讷先生介绍片来，谈甚久去。知昨夜万县被炸三次，敌机先后去者九十馀架，亦往渝二次，万县工厂、机场被炸，有损失；施场飞机师数十人均在干训团饮酒观剧，致我机不能起飞，幸敌机未发觉投弹，不然殆矣。吾不知施南某界必欲于昨夕月明时宴飞机师何意也。杨、彭二人又告予以鄂北、鄂东情况吃紧，有长途电话请示省府，今日不能答复云云。晚阅《曲洧旧闻》数页，高先生于九时来此请予改挽严先生联语，予已另作一联，明晨当交之。十一时寝。

二十日 晴热 五月十二日 星期五

早起往省府开例会,十二时毕,无多重要案,便询河南战况,极坏。午后到土桥坝一次,旋回寓。晚间阅杂书,十一时寝。

廿一日 晴 极热 晚九时以后雨 子正大雨如注 至天明未已 五月十三日 星期六

早起,饭后带同陈仆至图书馆还书。午后至省府买油盐,至教院搬物件。今日途行热极,目眩发晕,足行不动,真难受也。回寓后身已疲乏。晚九时大雷雨,满屋皆漏,自起接漏,疲甚,睡后蚤嚼人,竟不能寐。子正雷声震屋瓦,更不能寐。天明时梦先君与予话旧事。又欲立脉案、开旧方,其貌甚闲适。呜呼,父殁已卅年矣,犹时时以梦示予。久客思归,益令人怀念先人之墓也。

廿二日　雨　午后阴　五月十四日　星期日

晏起，午后傅康屏来请予代改其作挽严先生联，闻系副处长要彼代作者，彼此均外行，何不请财厅秘书代办耶？闻战事未转好，洛阳恐已失陷矣。晚办理文稿证件，送部文表已竣，明晨当送师院与叶、沈一商也。十一时寝。

廿三日　阴　十二时以后雨　晚雨甚大　五月十五日　星期一

早起，饭后至民厅与朱厅长晤，询以时局，云紧张矣。到包宅访百熙、仲威，张金光事也。与贡九同到师院上课，归时路滑身寒，回寓后换衣御棉。晚办送审未竣之稿。十时寝，转钟三时醒，伤风涕出，自是展转难寐。

廿四日　阴　昙　小雨晚晴　五月十六日　星期二

八时起，饭后往教院，时甚早。与冯、沈闲谈，到理化系授课，与谈时事及中国文学变迁半时，馀则讲长卿《长门赋》也。此篇为教育部选定之文，以之授，近时学生听者少领悟，讲者吃亏不少矣。近廿年来学生未读四书五经，遑论子史。虽诸生倾耳而听，予逐字句讲解，逆料彻悟者三之一耳。午后四时半回寓，晚饭后办理报部表及证件。十一时寝。

廿五日　阴　午后转晴　五月十七日　星期三

早起带同程仆至龙洞，今晨省府及各机关公祭严立三先生也。予七时半达到，各官长并各机关高级职员熟者见面寒暄数语。八时半连续举行祭礼、读文，灵堂中小联约百六十页，新例以长六七寸、宽四寸之信纸写之，治丧处先登报声明者也。既减省，颇与严先生平素之俭约相合。

施城挽联亦不易买,长联亦有用纸写者,价亦不少。典礼能表示哀痛,较之今春干训团为石议长公祭典礼,觉诚敬也。正午至参议会与李范一、段鸿轩、吴献之等谈甚久。段留予与张伯熙、吴嘏照等便餐,三时到师范学院与叶院长商议送审事。五时归,晚饭后看吕晚村《四书讲义》,真有独到之处。此为清代禁书,不知图书馆向何处搜得者也。十一时寝。

二十六日　上午阴　下午晴热　五月十八日　星期四

早起,今日未出门,午后命仆送件到师范并写函分致叶院长与卢主任,为送审事也。四时杨维领同谭世兄来取荐信。晚阅晚村《讲义》十页。今夕饮酒二次,早寝,身疲甚,十时成寐。

廿七日　上午阴　晚雨转寒　五月十九日　星期五

九时起,疲倦甚,饭后写复傅幼虚、袁次璋、朱祐亭、陈汉存、段炳麟、洪英、孟广瀛等函，写字多，费时损目，真不节约。晚饭后因小事触万氏怒，予骂之。彼年老无知识，徒有尖刻细心，殊可恶也。晚仍写复各处信，计邓实等五件。十一时寝，梦孟春溪家有数枢，彼仍生存且着羊裘。

廿八日　阴　五月二十日　星期六

早起，饭后命仆送昨写信十三封付邮。午后又写复张重心、张文庆及田紫城、魏金声、王伯彦、冯汉骥等六函，积压信件已清矣。晚阅《黄陶庵集·自监录》数则，其圣贤之言也。其人格足以流芳百世者固宜。惜公之制艺予幼时未读过，仅闻之先辈云其佳耳。十时寝。

廿九日　阴　时有小雨　五月廿一日　星期日

九时起，饭后至省府探询战事，敌人停止未进，渝方政局开会后恐有变动。得云海霞信，李充美同学尚存在，函中所告，似李对于予与施南同学不甚关心者。鄂北人多怪，如单家燊、彭寿堂等是也。至图书馆取书，便与张伯熙一谈，知其不日出差。午后四时回寓，晚阅吕晚村《四书讲》，仍系宗朱排陆，以前予所闻者误也，见解有独到之处。十一时寝。

闰四月

初一日　雨　丙戌　土心执　五月廿二日　星期一

早起至师范学院上课，十时在房中清诗稿印本六份，十一时半回洗爵溪吃饭，便与豫生、凤喈、志纯谈半时。午后一时再往院授理化系学生课，《长门赋》已讲毕。油印字模糊，实无异再写一次，讲者困，听者以典多又经予展转相告，揆其意已领悟者约三分之二，不知教育部何以指定选此类文也。民国三四年之学生，予授骈文多能了解，且可作骈文，盖皆读过四书五经，旧学有根砥，今非其时矣。晚归阅陶庵杂文，圣贤立贤，实可钦佩景仰者。十二时寝后多杂梦。

初二日　早大雨　午后小雨时作　五月廿三日　星期二

八时起，饭后往师院，临时考理化系学生作文，四时半未毕也，予遂回寓。饭后足软身疲，小睡一时许乃起，欲写文稿，以疲甚止，十时半即寝，似停食状。

初三日　午前大雨时作　午后晴　晚见星斗　五月廿四日　星期三

早醒头晕不能支，腹亦不饿。八时半到师院授课，畏寒，着棉袍棉套裤，求其出汗也。着钉鞋行不动，身疲甚。与诸生讲，参以他事减予心烦闷。十二时过洗爵溪与张干青谈半时归，足无力，汗出如浆，到寓疲不能兴。吃饭一碗，和衣睡，起后腹隐隐作痛，晚饭仅食包子四枚，七时半寝。

民国三十三年（1944年）　闰四月

初四日　晴　五月廿五日　星期四

早起食包子三枚，昨因胸胃闭塞，似停食状，未敢多食。出门至省府，又至师院取薪水。足无力，疲不能行，途中又饿，在土桥坝购得冷饼食之。自师院益疲难行，回寓后仅食饭半碗。晚腹痛甚，泄泻二次，喝救急水并小瓶稍松，八时虽饿不敢食，九时寝，尚痛数次。

初五日　晴　阴　午后小雨数次　五月廿六日　星期五

九时起，食炒米半勺。出门遇张国魂来，予便询军事及渝政事，均不佳，到府已十时矣。今日开会予未列席。正午吃饭，以饿甚亦食两碗，又不能忌晕也。回寓足亦疲，李教授学曾来托觅居屋，谈一时去。傍晚食饭半碗，今日蒋先生开方，以仆未归未能去检药也。十时半寝。

初六日　晴热　五月廿七　星期六

八时起，腹痛已愈，九时早饭毕至省银行朱伊仲处略坐谈。闻今晨六时老河口有敌机十八架，投弹二次，想损失不小。正午往沈碧舫寓略谈，与同往饶聘卿家吊其太夫人之丧。太夫人母家金姓，年八十八，勉卿之生母也。灵位书庶母，存旧礼教。勉卿中癸卯举人，以后在军政界曾握权居高位。聘卿以嫡子，对书灵犹不让步，则清代张仲忻太史、谭延闿会元之事可想及也。在饶宅略坐，今日足力疲，在县志馆休息二小时，与志纯、凤喈、豫生、干青谈一时许乃归，借得毕斗山之《目耕斋制艺初集》，阅黄淳耀金声文，忠义之气溢于言表，似不可作八股文读。前数日阅《陶庵文集》，自谓其俗学不佳，甚所鄙弃。然欲当时借以取功名养亲，又非从事于俗学不可，似知其不愿以八股文传也。予习八比文时年甚稚，仅闻父师云目耕斋所选八股为当时人人必读之文，师实未以此等给予读，所读者惟十四层《小题正鹄》《七家诗》《赋学正鹄》而已。下季清廷明令废八股，习策论四书义。先师高公教予有法，遂脱制艺之束缚，故未中八股之深毒也。晚早寝。

初七日　晴　午后五时暴风雨一小时　五月廿八日　星期日

九时起，十时饭毕，清理案上书籍，腹中仍不适，时时尚痛。午后二时至张笃周寓，因渠今晨来柬请客也。至则为诗社同仁，外客为鲁岱，号鲁山，驻湖北审计处长也，湖南宁乡人。同来者姚□□。邵阳人。笃周谓新成一亭名待云亭以宴会，出诗题为《待云亭晚眺》。四时半席①，予遂回寓，途中遇暴风二阵，衣履湿透，伞又折柄，狼狈到寓，急用热水洗抹，虑增予疾。继思今日何必去食此一餐，致受此一段痛楚耶。晚阅杂书并改《西迁诗稿》自序，至十二时寝，多奇离可骇怪之梦。

---

①　席，后疑有脱字。

初八日　晴热　五月廿九日　星期一

七时起,胸臆不舒。八时半早饭毕,欲去授课,以脚软不敢行。午后在寓写复各处函,计朱光祖、龚敏、谭则、王伯彦、张伯民、孙祖荣、孙寿山、梅先霖、鄢云斋等,明日可发出。晚间得刘晓庶函并《两湖总师一览》一本,检阅则考礼字斋学生入堂时所印者。屈指计之,是丁未年冬季所印者,尚无仁斋三堂学生名姓。予家所藏者为宣统二年所印,予同学有名有字,是时顶冒学生已准复其原名矣。此本果为第一次印行,真堪为通志馆材料,当送与张春廷先生编入选举类也。刘石逸带来腊猪腿一只、信一件,为其侄媳及侄孙考学校事。今夕服药,以疾未愈也。十时半寝。

初九日　晴热　五月卅日　星期二

早起仍服药一次,饭后闻警报,云有大批敌机袭渝。

午后小睡，今日足软不便出门。午后又泄二次，药性之烈也。予向不服大黄，今乃用至二钱五分矣，泻后腹甚适。傍晚朱伊仲来谈甚久去。八时有警报，予又泄一次。九时半写信二件。十一时寝。

初十日　晴热　五月卅一日　星期三

八时起，昨睡甚恬者约四小时，午后疾似较松，思食。晚写信三件，阅杂书，十一时寝。

十一日　晴热　六月一日　星期四

八时起，连以足软未出门，饭后往省府探近日情况，云战事不佳，渝方政治尚未谈到合作。至省银行送款与朱士堪，途遇潘宁舫，赠予以袜子一双。归后疲甚，汗出如渖。晚写二函，阅杂书，十一时寝，多杂恶之梦。

十二日　晴热　六月二日　星期五

八时起，饭后拟外出而足软，又畏热，遂中止，命仆购药送信等事。晚补写诗稿，欲赶送油印也。连日闻战事不佳，渝方政事亦未解决，内忧外患，恐召瓜分之祸矣。十一时寝，多梦。

十三日　早阴　午晴　晚雨　六月三日　星期六

七时起，饭后写诗稿，细检之与已油印者不相同，此须再校对者，《偶忆集》盖非一时所印也。凡事先不立根本计画，必有错误。晚仍清理印件，服药一次。十一时欲再作事，已疲不能矣，遂寝。

民国三十三年（1944年） 闰四月

十四日　雨　早阴　六月四日　星期日

七时起，清理各事。午后写诗稿，清理印本，则尚有未书印者卅馀篇，是《偶忆集》又不止二百十一首。叙言须再改之。然益以所记幼时诗卅馀首另加附集中，当有二百六十馀首也。晚十一时寝。

十五日　早阴　午后雨　六月五日　星期一

八时起，连日因病未出门，今日饭后遂决意往师院与冯、沈晤，未上课，便在洗爵溪吃饭，屋小地湿，见之难过。至凤喈、豫生处一谈，遇傅逸尘谈甚久，予与同出，途中谈江西事，夏乃卿过后尤有人指其短而詈之。甚矣，人之不可不立名自重也！便至蒋立庵处一谈，四时归。饭后疲甚，予惧雨天行，今日又值雨，殊可恨也。晚十时寝，多梦，寝亦不安，展转至天明。

十六日　阴　六月六日　星期二

八时起，今日仍不能去上课，已着人送函与理化系、音乐科学生，恐其候予也。午后写杂件及信二封。足软不能出门，四时半理系学生朱荣熙、陈同庚来看予病，勉强与谈一时许，并以予文及日记示之。朱、陈甚讲礼，殆类从前武昌一师学生，六时半别去。晚十一时寝，今日梦闲同定生回寓。

十七日　早阴　九时半以后雨　闷甚　六月七日　星期三

八时起，八时半饭毕，九时持伞往蔡家河饶宅吊丧，因前有简来请客也。行过蔡家河雨已渐大，予着布鞋，滑而难行，又虑回时甚难，遂又过河回寓，颇吃苦。饶聘卿为人正直，今日虽雨，予病未瘥，出于诚意吊其太夫人，否则他家可不必去矣。衣履俱湿、归途喘气，然不嗔怨也。小睡一时半乃起。饭后阅杂书，八时半闻警报，我机起飞逃避之，不知如何情况。晚阅杂书，十一时寝。

十八日　晴阴不定　六月八日　星期四

早起，八时饭毕，乘舆至鸭子塘访黄文卿，谈一时许归。午后写信二件，得省府电话，云长沙电汇之款已到。予初疑稭屏说话不可靠，然此人为长沙县人，彼之公司撤退时能以六千元寄予，甚可感也。晚改诗稿并《西迁吟草》自叙，备明晨省府开会时带往，请刘召南写油印也。十一时寝。

十九日　晴　六月九日　星期五

七时起到省府，未开会之先办理予之私事。十时往农民银行取汇款，付款为同乡范汉僧之孙、哲之之子也，名治民云。此款系上月廿五电汇到施长河农民银行，廿七即撤退矣。对此事则尤感孙之助予也。正午省府饭毕即归。

闻师范学院学生缺食粮,以后如何尚难逆料。晚阅《越缦堂日记》,十一时寝。

二十日　晴　六月十日　星期六

八时起,命仆至店子坪买杂物,星期日约陈瀛周、刘召南等来便饭也。嘱仆送油鱼六枚,请省府刘厨子办治。午后有警报。晚阅书、写字、写信,至十一时寝,多梦。

廿一日　晴热　六月十一日　星期日

早起,嘱家办菜毕,十时用电话告知建厅、省府约客。十时半有警报,正午立庵、沛霖、道全、召南、瀛洲、勉之先来,午后一时半豫生、泮香、肖峰、砥丞来入席。三时席散,又叙谈二时许乃散去。予送肖峰三人甚远,同学中施南仅有五人,老境已临,较亲切也。回想诸人在清季科举中,少年科第睥睨一世,不料科举旋停,乃投身学堂以求上进。辛亥起义同学中握政权者多,然昙花一现,四阅月各人下台，凡在武汉任要职均一时崩溃。予等散在外县者，民国二年上季亦各去职，仅予在黄安能得士民心至阴阴①中秋前交卸。当时执政如夏寿康、饶汉祥、阮毓崧辈皆腐败官吏，无时不以摧残辛亥革命诸人为事，以图巩固其共和党，乃不久为北洋军阀所乘。民国五年夏、饶等亦不体面下台矣。噫！"福国利民""救国救民"，吾国圆滑官吏每以此流行不诚意之语欺国民者也。回思当日事，历历如在目前。以后编政治史者不知对当时事有公论否。晚九时清理室内诸②，十时准备功课，明日须往院授课。十时寝，转钟后略醒，闻警报钟声甚清晰，未几敌机来上空矣，机枪声大作，予惊起视之。敌机时时经屋上过，炸弹声、高射炮声甚厉，约一刻钟始止。阅时计已上午四时矣。

廿二日　晴热　六月十二日　星期一

九时起，闻昨夕所炸系红庙北门汽车站、飞机场等

---

① 阴，应为"历"。
② 诸，字下有脱字。

处，城内未投弹，死伤共计不过数人耳。梁山、万县等处又遭炸矣。午后一时至师范学院授课，四时半方归。饭后疲甚，晚阅杂书，十一时寝。

廿三日　晴热　六月十三日　星期二

早起，今日上午有情报、警报。正午往院授课，在理化系讲课甚久且吃力，病后元气未复也。四时半过县志馆与胡、陈、张诸君谈一小时归。晚早寝。

廿四日　阴　晴热　十一时大雨如注　六月十四日　星期三

早起，八时半到院音乐科授课毕，天已沉黑，予匆匆归。至洗爵溪新宅，大雨已到，因着布鞋单衣，遂就新屋吃饭，室中雨漏甚，地又湿，望之难过。以饥甚食饭二碗。精力疲，午睡一时许，仆持钉鞋雨伞至，予遂回寓。晚为学生改文，至十一时寝。

民国三十三年（1944年）　闰四月

廿五日　雨终日　天气转寒　六月十五日　星期四

八时起，疲倦殊甚。饭后为学生改文，午后省府送函，附有孟广沄、孙穤屏函。孙函在湘垣未吃紧之前所发也。晚阅杂书，欲作何事，苦无一定而所欲作者，如自录文稿及诗稿，提笔就懒，其无勇气。予卅岁以前，每思一事，提笔即办，毫无停滞，真有废寝忘餐之慨。噫！老境已临，精力就衰，处此不安定之时局，居此潮湿之地，室窄而暗，心目已先懒矣。晚阅杂书，十一时寝。

廿六日　小雨　阴　六月十六日　星期五

五时半即闻警报，予未起。八时半到省府开会，途遇冯股长，谓今日例会已改在主席公馆举行，至则尚早，问朱厅长以战况如何，彼云不佳，予亦未往下问矣。云美飞机九十馀架飞东京炸日寇，其结果如何，今日下午乃得悉也。午饭后续开会，予未列席，今日乃见官邸之华丽，不异从前武汉时陈设，不知供应处何以有此能力与金钱也，然因之有感矣。午后四时回寓，晚改《西迁吟草》后一段，备再印全。十一时寝，多梦。

廿七日　晴　六月十七日　星期六

早起，饭后电台人告知谓昨美机炸东京，据汉口伪组织广播云，已损失空中堡垒十架，日机无损失。然宣传如此，不可尽信，逆料日寇防空不似中国，任寇机炸之，扬长而去也。晚阅杂书，十一时寝。

廿八日　晴　六月十八日　星期日

早起，午后二时将应补之画件一一补齐全，又将存馀之纸及于莹征等嘱画之件一一秉笔迅速成，画兰为予所长，腕笔、墨法、姿态、神韵，自信与蒋矩亭不相上下。吾邑光绪中孝廉柯进治写兰甚妙，可与蒋齐名矣，而伏居乡里，至武汉时亦少，晚年目瞽，其画卒止传于一邑，可

民国三十三年（1944年）　闰四月

慨也。四时半竣六七幅。晚阅杂书，十一时寝。

廿九日　阴　午后四时雨一阵　六月十九日　星期一

六时半起，七时至教院授上午音乐科，下午理化系，并将所改文卷分发各生，便讲予幼年事，辛亥以后处顺境，西迁以后处逆境，一一告之，嘱诸生以求饱学，勿轻弃光阴，负此青年时期也。予少年聪颖，惜尝屡为境所牵，未能多读多看，致今日记书不多。人生脑力充满在三十岁前后，过四十家事杂、嗜欲多，书读六七次仅能记十之二三，过五十真不能记忆，近年看书，折置即忘之矣。四时半回寓，饭后小睡，足疲甚。晚阅杂书及《越缦堂日记》，十一时寝。

三十日　早小雨　午后大雨　六月二十日　星期二

早起，饭后预计往师范学院授课，带予日记与理化系学生一阅。天雨路滑，七年日记十四本，笨且重，虑路远，未果，亦不能上课也。此周应停课，下周期考不去亦可。午后补各画件俱竣，检各小联出，又再写一联一画，明天可交余文杰、于莹征、龚沛霖、陈豫生等。又蔡朴周请写条二件、又画一件，予并检二联赠之，因春初曾向其谋得红冷金笺赠孙稚屏之母以寿诗者。孙前月寄洋六千元，以此物得之者也。四时省府送信来，系胡升汇款一千元送予过端节者，此人尚有良心。晚将各字画盖印毕，十一时寝。

五月

初一日　阴　小雨　今日夏至　六月廿一日　星期三

早起，今日未去上课，因院中定廿六日即大考也。午后补作未竣画件，命有才送城内蔡君。晚阅杂书，连日湘战我军节节败退，已失湘阴、益阳、宁乡、衡山、浏阳、湘潭、醴陵、株州、衡山①等县。长沙失后，重要邑城相继沦陷，可耻甚矣。平时自誇，而敌人偏不为吾国军官留颜面。噫，何以对湘人及中国全民耶。伤心怄气，早寝。

初二日　阴　六月廿二日　星期四

早起，饭后往省府及土桥坝包宅，均略有耽搁。阅

---

① 衡山，与前面重复。

报，知战事愈坏。回寓后命仆清理室内外各事。晚阅《陶庵集》，深叹崇祯非亡国之君，当时所生忠义能抗满清者俱为文人，如史可法、瞿式耜、张苍水、黄陶庵先生等。惜人数太少，真所谓报国有心，回天无力者也。若吴三桂、耿、孔等真狗彘不食者。当时四镇不同心，而马、阮当国，又以报复为事，致福、桂、唐三小朝廷亦不旋踵而灭，可慨也已。十一时寝。

初三日　早小雨　九时以后大雨如注　午后二时乃止
六月廿三日　星期五

早起至省府开会，到达官邸时已八时，候人齐乃开会。闻湘战愈坏，失地尚未为报纸所登载。正午开饭已添二菜，作为端节请客也。午后一时回寓，水田水足，路滑难行。晚饭后阅杂书，至十一时寝。

民国三十三年（1944年） 五月

初四日 晴热 六月廿四日 星期六

七时起，天已晴，午后程仆要回家，给钱与之去。晚命刘仆办理各事，至为烦冗，至十二时半乃寝。

初五日 晴热 闷极 今日端午 六月廿五日 星期日

早起将室内外打扫干净，整理书籍及案上之凌乱者。今日又是端节，鄂中公、石、宜、松等县沦陷，湘边奇紧，敌人西进，岌岌可危。今年则长沙已失，湘垣附近之县无不沦陷，其所谓长驱直入矣。衡山既失，衡阳亦不能保。我国月前上下宣传，谓敌如攻衡阳，我之机械步队、精锐武器及重要军官均待敌至决一死战，以转环国际之观觇，必能提高我国地位。噫！过去宣传无一可靠，真所谓自欺也。然予终信其言之可验也。今日肉菜俱备，而梦闲在洗爵溪新茅屋过节，定儿亦不回寓，仅留刘仆在寓帮忙一切。程仆昨一定要回乡，留之不可，既感寂寞，又悲国步之艰难，抗战七年，吾辈受多少痛苦。彼重庆之骄奢淫逸者仍不感亡国之痛，发国难财之奸商细民衣食奢华，举止阔绰，更不愿战事结束。庄子曰：哀莫大如心死。前两月河南沦陷，非敌人之攻入，乃乡民各县一律暴动驱逐国军及不肖官吏。盖军队、官吏、奸商在抗战声中，小民无不受其蹂躏，积怨已久，遂因敌攻而先起，以驱此必死之官兵、奸商，非小民之心死也。今午有警报。晚阅《陶庵集》，十一时寝。

初六日　晴　闷热　六月廿六日　星期一

晏起，疲甚，饭后思外出，以热遂止。命刘仆发信五件，并寄广漳、季明等字画四件。晚间疲甚，室中闷热，十时闻警报，敌机一架掠此高空过。噫，敌机无月亦能飞行，一切军事均高出吾国之上，可慨也。十一时寝。

民国三十三年（1944年）　五月

初七日　阴　午后二时大雨如注　晚仍雨　六月廿七日　星期二

八时起，疲倦甚，足软。早点后往省府，闻刘孟曾所谈湘战失败原因，军队不战而退，军官可杀。敌人打通粤汉路线，未费大力，衡阳、攸县相继失陷。前月宣传在衡阳待敌至决一死战者，果系自欺欺人者也。至师院取薪水，并问连日院中诸事、考试情况，敷衍而已，天下事均可作如是观。二时回寓，至洗爵溪大雨已至，在县志馆避雨，谈甚久，程仆送雨具至乃归。晚间写信、阅杂书，至十一时寝。

初八日　阴雨竟日　晚大雨达旦　六月廿八日　星期三

八时起，饭后清理室中各事。今日为予生辰，梦闲在新宅备酒三席，请街邻及租地皮钟某，又张、田、赵等家男女，以新宅成曾许彼等酬情者也。知予生者均送情。刘桂轩欲晤予，予以路滑不愿去。午后在寓饮酒二次，万氏亦往新宅去，程仆同其父来此宿。九时作诗二首，有感而言。西迁以来日日望我军胜利，今若此则胜利不可望，而施南一隅，敌即不来攻，此间数十万民众与军队，将来粮食何自出耶？此间民众对军队印象极坏，以后有警，更向何地退却？一旦粮食接济不来，恐变生矣。靠天靠天，如恃军队抗敌，不可靠矣。历年事实俱在，此无可讳言者。十时倦乏殊甚，诗成待润色。明日院中大考，须早起，十一时寝。

初九日　雨　六月廿九　星期四

五时半起，匆匆出门至教院考理化系学生，音乐系学生仍在本教室作文。午前十一时雨未止，予过新宅，馁甚，欲吃饭须候一时许，天雨路滑，心殊焦灼，遂回寓吃饭，泥深足软极难行，回时已疲乏不堪矣。屋内又漏，湿气重，殊难受，逆料新茅屋晚雨大漏，尤难受也。十时阅杂书，至十二时寝。

民国三十三年（1944年） 五月

初十日　终日大雨如注　晚雨尤大　直到天明　六月卅日　星期五

早起至省府交油印之件与刘召南。八时半至主席公馆开会，席间朱厅长谈及省府改组，主席为王东原，秘书长黄某，保安司令黄仲恂，民政厅长刘崇高，其馀均有更换，问之傅轶尘，云赵厅长来电亦如此说，则从前所传闻者皆事实矣。会毕饭菜均好，午后一时在刘梦曾处坐谈甚久，至图书馆晤李、崔、林三君谈半时，回家路极难行。晚饭后阅昨所为诗，不惬意。十时倦甚遂寝，多杂梦，且廿馀年未遂之事亦见之。妄念欲念俱集，则心歉矣。

十一日　早雨　午后小雨时作　七月一日　星期六

十一时半起，疲甚足软，午后一时饭毕，室中湿气重，闷甚，借得报纸阅之。衡阳似尚未失，然不过时间问题耳。晚阅《陶庵集》，第一序为吴梅村，第二序为钱谦益，文均佳，惜其人与公薰莸不同也。纪年仅书甲子，未记顺治国号，殆有愧于心欤？第三序为公之同邑同年苏渊，四序为秀水朱锡鬯，五序为常湖陆陇其，六序为嘉兴李良年，即选刻《明六家文》者也。中有句云：当明之季，士大夫（以下空字）寡廉鲜耻。即号为能文章侃侃议论，而临事濡觑，贪禄苟活，其末路有不可言者云。盖指钱、吴诸人也。七序为长洲沈德潜，八序为王鸣盛，字光禄。九序为同邑钱大昕。盖乾隆间而公集始搜集完备待刊，未敢竟刊者，迩时文字狱正盛也。光绪八年同邑周文禾为重刊之序，盖已大备矣。十一时寝，多梦。

十二日　阴　七月二日　星期日

早起，午后师院两生来代徐声和取书，予照单抄之，许以明日送还。盖先后借书廿馀种，笨且重也。晚间阅《陶庵集》，读先生所为寿序数篇，亦佳，其叙事与归太仆、耿恭简不同，方灵皋作寿序多空洞而不能填实，先生序同邑苏母金孺六十寿中有一段云：淳耀闻古之贤母，有乐其子与李杜齐名者，有剪发供馔为其子延四方奇士者，有闻义养不闻禄眷者，许其子不就科目者，高风淑行焜耀彤史。然亦幸有大贤人焉以为子，故其每得借之以传，即不幸而其子不贤，母之传与否未可必也。孟子推仁义礼智之德，皆本于性而又以为有命焉。彼所为高风淑行，其殆出乎其性者与？有其母适有是子，其殆得乎其命者与？世称君相能造命，然又以为孝子百世之本，仁人天下之命。则夫孝子仁人，尽性以至于命，其权国与君相等与？昔汉世有赤眉、铜马之乱，而刘平、赵孝之徒至信格于盗贼。唐至元和之后王泽竭矣，而董召南独隐居行义，化及鸡狗，此皆性命精微之极致，不可思也，不可言也。云云。十一时寝。

十三日　晴　晚月色佳　七月三日　星期一

早起，饭后往省府并送书还师范学院，由徐声和接收清楚矣。午后三时回寓，倦甚，饭毕小睡。晚间阅杂书，十一时寝。

十四日　晴　极热　午后有小雨一次　七月四日　星期二

早起，饭后到省府欲取油印归。到府已十时，坐未定，警报大作，遂在立庵家休息，而警急报至矣。遂入防空洞，约半时乃解除。正午回寓，饭后小睡。晚起阅莼客日记，谓阅钱竹汀《廿二史考异》，云其论《史记》中祖祢庙一条，谓《说文》无"祢"字，"祢"即"尔"字，盖言父于我最近，故曰尔，后人加"礻"旁。《尚书》作"艺祖"，马融曰"艺祢"也。又旗志一条，谓"志""识"通用，《说文》无"帜"字，旗所以识别，故"帜"当为"识"，《史记》屡见"旗志"字，用古文也。又亲戚一条，亲戚者，舜之父母弟妹，皆非是。古人以亲戚称父母，《大戴礼》云："亲戚死，谁为孝？"孟子云："人莫大焉忘亲戚、君臣、上下。"可知亲戚之单指父母也。皆极精确。竹汀著书多，莼客看书钞多、读多而天分又足以副之，所以成大名。今之从政者不读书、钞书无论矣，而国内所谓文学各教授读书、钞书者不知有几人。抗战以来各大学学生程度太低，教国学者仅向商务、中华、中正、大东各书局出版之文字学、文学批评、文字源流一类之书摘钞，名曰编讲义以示学生，自信口雌黄一顿。噫，以视当日钱、李诸人未从政时而求学，既从政及休政以后仍不废学，宁不愧死哉！阅至十二时寝，多梦。

十五日　阴　小雨时作　七月五日　星期三

早起，带同有才至省府买得猪肉、猪油等等，还省立图书馆各书已清楚矣。今日报载战事无变化，行政院尚未开会提鄂主席案。今日闷热。午后归，阅杂书，晚写复洪英、冯艺林等函，冯汉骥有复函，谓《丛书集成》已售罄矣。写《待云亭晚眺诗》并生日有感之作，不甚惬意也。十一时寝。

十六日　晴阴不定　闷热　晚尤闷热似有雨　七月六日　星期四

早起，命有才去挑米、换米等事。午后写信二件，为李清拂写单条一张。孟广漳自内江寄来宣纸三件,请书联条等。重庆仍有宣纸,不过价昂耳。晚阅杂书,今夕梦闲回寓宿。十时寝。

十七日　早小雨　阴　今日小暑节　七月七日　星期五

八时半起,疲倦甚,足软。十时半饭毕,今日为七七抗战纪念,省府例会改在下午举行。一时半往省府,二时在主席住宅开会。今日出席列席各员殊冷淡,盖省府改组消息证实也。七七抗战纪念已过七年,年年说胜利而重要都会俱失,伤哉。晚六时回寓,心烦乱,十一时寝。

十八日　晴热　晚有月色　七月八日　星期六

八时起,倦甚,午后写信三件,补画件,命有才送三信,约明日便餐者七人。晚九时三刻有警报,似闻敌机掠高空过去,自是以后我机一架飞空侦察,扰扰至转钟一时方解除警报,同居各家均未睡,盖均以此机为敌机也。疲劳起视，不敢安寝。今日始闻知了声。

十九日　晴热甚　七月九日　星期日

早起，闻昨夜敌机卅架袭梁山、万县等机场，我机损失二架，敌损一架，盖已空战矣。十时包贡九即来，午后二时运筹、召南、先林、寅周俱到，遂着人请陈超来。因去腊予曾与陈超决言，今年五月端节后可收复沙、宜，彼即请予。否则，予估计吾国战术不确，须请彼也。噫！予之见识不如陈超，盖迷信迭次可收复失地之言也。晚十时寝。

二十日　晴热甚　七月十日　星期一

早起写诗稿，九时半杨子莒同徐济群来。杨任宣恩县科长已经年，予未知也，留便饭去。午后至省府一次，晚归。热甚，饭后洗澡、写信、抄书、默诗，至十二时寝。今日闻蝉声。

廿一日　晴热甚　晚阵雨　七月十一日　星期二

早起，八时至民政厅，九时开图书仪器清理会，十时毕回寓。饭后小睡，晚阅杂书、默写诗稿。连夕床上忆及之诗起而遂忘，今夕须备一簿就床上用铅笔记要领。予丁巳至庚申间睡不熟即作诗，用此法次晨补写，殊便利也。十一时寝。

廿二日　晴热甚　有阵雨　晚转钟后大雹电　风雨震瓦屋　七月十二日　星期三

早起补写偶忆之诗，连日续默出者廿馀首，脑海中又转灵耶。午后阅杂书，室中阴气重，蚊密集，大者如蝇，此地真非吾辈所恋之者也，不知施南人何以安之。晚十一时寝，转钟二时雷声震山谷久不散，类史载灾异所谓天鼓鸣者耶。大雨骤至，山鸣谷应，吼声大作，怪现象也。设初居者必以为灾异矣。予起二次，虑屋漏，床上因湿而跳蚤大作，烛之得二枚，处以夹死刑，殊可恶也。

廿三日　晴　闷甚　小雨时作　七月十三日　星期四

早起，早点后往省府探信，渝方尚未发表鄂主席人选，取得新做制服归。张伯名寄茶叶、香茋各一斤，俱收到，邮费八十一元。噫，从前八十一元可以买茶叶一担、香茋四斤矣。现时茶价三百馀元一斤，香茋四百元一斤矣。接各处来函七件，晚间择要复之。晚十一时寝。

廿四日　晴热　七月十四日　星期五

早起，往省府例会，无多案，仅恩施林县长辞职照准。午饭后归，热甚。晚阅杂书，十一时寝。

廿五日　晴热　午后暴雨一次　平地水深三寸　今日初伏　七月十五日　星期六

早起倦甚，午后默写旧诗，又得七首，如此渐渐默出，可得予存汉口原稿三分之二。惜文稿廿馀篇未能默出。午后大雨，晚间蚊多，阅书、写信，至十一时寝，在床上复默诗三首。

二十六日　晴热　午后暴雨约半小时止　七月十六日　星期日

早起，饭后写信二件，午后大雨如注，三时半万儒纲来谈一小时去。迟生今日回寓。晚写复子谷、伯民、庆复等函七件，转钟一时寝。

廿七日　晴　午后一时大雨如注　七月十七日　星期一

早起，饭后至省府探改组事，闻民政已易罗贡华。午后至笠庵家坐谈，又转至省府取油印诗稿，四时归。晚间写致季明、海霞等六件，至十二时寝。

廿八日　晴热　午后四时阵雨　晚十一时大雨至天明　七月十八日　星期二

早起，饭后准备外出，以默诗及清理各事未果，继又怕热、眼朦，只好安心默写，又续记十馀首矣。午后四时阵雨，来此一连四日未断雨，吾乡俗语为"漏伏"。盖初伏下雨，日日必雨，俗言可验如此，似不可解矣。晚清理各事，十时寝。

廿九日　早雨　九时以后晴热　午后三时阵雨一次　七月十九日　星期三

早起，八时至邮局，八时半至图书馆略坐，至省银行，九时半开图书审查会第二次会议，新来两录士王淑方、邓淑□两女学生，男录事沈年祥未到，皆潘作之、林振声所荐之人。省行便为朱怀冰饯行，朱开会毕以腹疾辞去。昨渝院发表民厅为罗贡华新加秘书王原一，委员黄仲恂、徐会之、刘公武，被去委员刘叔模、吴良琛、朱怀冰也。近时官吏如走马灯，真所谓无足重轻之官，而怀冰似甚介意者，前次例会耿耿在心，而又情见乎词矣。午后一时开席，鸡鸭鱼肉之外兼有甲鱼、海参、海味数事、点心等等，计值总在二千元以上，非省银行不能办此。噫！提倡节约者何如哉。今日周菊村、饶杰吾、张春霆、杨子敬、林振声、朱厅长与予及廖西平、潘作之九人俱到，饭毕便过省府与诸至好一谈，三时回寓，途中遇雨。晚饭后以蚊多早寝。

六月

初一日　晴热　夜转钟时雨　七月二十日　星期四

早起，今晨四时大雨，饭后清理各事。午后未出门，作画一件。晚阅杂书，不能深入，而目中热甚，眼粪多，竟至朦朦不明，十时寝。

初二日　晴热　午后四时大雨二次　七月廿一日　星期五

早起至省府开例会，今日参、顾诸人到者多。与贡九、立庵等倡议请朱、刘、刘三位委员公宴。朱已落职；刘千俊去，秘书长虽去而委员尚存；刘叔模停职矣。午后三时在县志馆坐谈，四时与凤喈、志纯、干青、岘皋、甲

三、豫生、校文、季贤、和轩同往饶聘卿家赏荷花,到后暴风雨至。五时半开席,同席外人仅杨、刘二君,馀均社友也。七时散席,归途泥淖难行,遂在洗雀①溪寄卢宿,屋矮地下,潮湿过甚,展转难寐。

初三日　晴热　七月廿二　星期六

早起至师院与张春霆先生谈片刻,冯、沈诸人谈数语,图书室锁门,办公厅男女数人斜坐谈天,无事可办,真奄奄无生气。噫!此大学也,可慨也哉。推之国内各大学,或者相同。十一时回寓吃饭,陈登甫来坐谈,留便饭去。二时回寓,孙祖荣取荐信去。晚间以目疾未作事,十时寝。

初四日　晴热极　七月廿三　星期日

早起清理案上诸事。午后为沈碧舫作画,又补作元旦

---

① 雀,前文均作"爵"。

试笔未竣之松,至四时半止。晚间室内蚊多,不能作事,十一时寝。

初五日　晴　酷热　七月廿四日　星期一

早起,午后仍补作未竣之画,题一诗,愈改愈长,只好候沈碧舫就职时送去当礼物也。今正碧舫以纸请予画,迟至今日始成,若为其添议长头衔而后书款者。今日闻蝉声大作,晚阅杂书,十一时寝,枕上默记予于甲辰六月初五入学,今已四十一年矣。昔时年少倜傥,今日皤然老翁,真无穷感慨矣。

初六日　晴热极　午后三时暴风雨一小时　今日中伏起　七月廿五日　星期二

早起至省府询知新任尚不来接事,省府以委员等未用尽之茶油平价售与各职员,参、顾每人分五斤,价廿馀元。设非改组二科,不得以此分售诸人矣。至教院领薪,便晤秦、冯诸人。至合作社购毛巾、肥皂等等，去价七百元，昔时购此等物九元足矣。午后三时归，晚补作诗。今日已将肥皂零件检查一遍，预之明日当将各处送茶清理之。晚十一时寝。

初七日　晴热甚　七月廿六日　星期三

七时起，饭毕乘轿至铁厂，中经通天洞游览，寻得宝祐元年刻石，字方寸馀，约二百馀字，惜石黑又非直立，凹形中，似当日工人仰卧而刻此石者也。闻有某人拓数纸去，他日当觅而观之。可见此洞著名在元以前矣。行至七晏沟略憩，至铁厂系沿山直上石坡，记之有八百馀级，抬轿者系二仆，不善行，予下舆行约二里，到时休息，与张春霆先生、杨子敬、林牖明、马文滨、崔冠侯议定办法，饭后即至周宅开始清理。午后阳光直射，室中极热，至四时半已清点三箱。好书甚多，书面盖印多"两湖书院南北书库藏书"字样，真不胜今昔之感矣。晚饭后洗澡，予以未带蚊帐去，与子敬同榻，热甚。十一时子敬起自置铺，予实未安寝也。

民国三十三年（1944年）　六月

初八日　晴热甚　七月廿七日　星期四

早饭后与杨、张、马诸人清书，多碑帖、集邮一类之书，午后三时已清毕，四①陈仆来接予，四时遂与同步行下山，到寓已五时半矣。热甚，疲乏至极，饭后洗澡小憩，十时寝。

初九日　晴热甚　晚有月光　七月廿八日　星期五

早起，至省府例会，无多要案。林牖明免职，张翮继任，教厅一面以林为清理图书委员，一面免其职，盖以敷衍参议会提案也。午后五时本府全体参议顾问为朱厅长、刘秘书长、刘慕曾、于莹征、余文杰饯行，以李达可参作主人，故酒肴丰而价廉。如外人办此席，每桌非二千元以上不可。八时席散，予同陈仆归。十一时寝。

———————

① 四，疑应为"四时"。

初十日　晴热甚　午后有阵雨　七月廿九日　星期六

早起，饭后与程仆同往铁厂清书，因前日曾许星期六必往也。过陈次宗寓略坐谈，次宗述迭次以书函劝谏朱怀冰改脾气，为将来再登台地步，但朱愿听与否，则尽彼之友谊而已。噫！人一上台，志气骄矜，必非有学问有器识之人。怀冰上台不止一次，其在位也骄矜万分，其去位谦态毕见，良由自信自大自用之心太过，所以迭遭失败。友朋之谏劝，彼在台上时不信之。前年蒋少垣、胡舜生、徐痴愚离施时均与予言之，似迨与予廿年在民厅任秘书时，朱之骄矜已过从前十倍，虽欲谏之，又何益哉。别陈出，天热如蒸，行路汗出如雨，至山上铁厂门遇张春老乘舆下山，谓彼决不再任清书事。至厂内周菊村已来，予遂与周、杨略叙数语，林振声始以情况相告，予遂乘轿归。午后睡二时许。晚补默诗稿，又得六七首，十一时寝。

民国三十三年（1944年） 六月

十一日　晴热甚　七月卅日　星期日

早起，饭后为沈碧舫补作画。九时往曲水洞张寓，因胡凤喈先生十四日生辰，于此日预借张宅宴会也。凤喈今年七十五岁，强健如四十许人，谓得天独厚欤！据云从前境遇亦不甚佳，身体亦非坚实，且嗜鸦片，数十年饮酒烁精，今年高转健，此则不可以常理度之。早面后至洞中乘凉，与春老、志纯、豫生、笃周诸人谈诗说礼，聘卿社长不多话，气甚平，吾辈不如也。馀客则分为博弈，久战不休，累予等至午后二时不得食，予疲甚，回张寓睡半时，请高和轩谋得饼干半盘食之，馁稍平。五时半方开席，七时归。今日受热甚、出汗多，疲乏早寝。十一时闻大风，电光闪闪，入室雷声震瓦，飑动甚。约一时馀乃止，小雨一阵而已。

十二日　晴　极热　午后三时半天剧变　风雨雷电交作　平地水深一尺　冰雹　七月三十一日　星期一

早起，饭后为碧舫补画，已成三分之二矣。作诗一首，明日当题在款前。午后热甚，三时半天忽剧变，大风雨挟沙至，直所谓"飞沙走石"矣。雷电骇人，屋瓦竖立或飞田中。予在窗内望之，大风折树不少。《书经》所谓"大风拔木禾尽偃"，今乃征之。冰雹击瓦木有声约一刻钟，后闻高山冰雹大如鸡卵，盖灾异也。室中水流，墙土崩塌有声，予惧屋倒，然急遽中不知如何是。大约一时半乃止。嗣各家慰问，无不受水湿者。晚见月光，补作长古，为碧舫画中备题，因前诗未说尽意也。十一时寝。

十三日　晴热　阵雨暴风一次　八月一日

早起，饭后至省府领薪并另购米一百斤，招待室所馀者公配高级职员在府甚久者也。嗣闻分配亦不公，周文到府仅两年馀，无眷属，亦分米百斤、油五斤，似浙籍为秘书长所批发者也。噫！世间安得有公平存心如严立三先生者耶。立三在职，其妻向本府买面盆二个，系分配平均只一家一个，立三当命退出。盖庶务处以主席夫人通融购之者也。在府与诸人谈甚久出，回寓饭后写信二件。晚补沈诗已成矣。十一时寝。

十四日　晴热　小雨一次　夜月色佳　八月二日　星期三

早起，饭后至省府续买各物。闻新主席快到，予向陈、刘等催印诗稿，四时回寓，晚间补写诗稿，又默出四首，明日当着人送府请刘续印出。写复各处函。十一时一刻疲甚欲睡，警报大作，当有敌机掠此间高空过去，行甚速，似入川者。十二时半乃寝，又闻警报，予未起视。

十五日　晴　极热　八月三日　星期四

早起命二仆往省府挑米送信，午后又命之送信去。仆回云，新主席快到府中，站队欢迎者络绎于途云。晚间府中来函，明晨仍开例会。今日晒衣服，呢毛等衣湿气重，又生虫蛀等等。晚十时寝。

十六日　晴热　八月四日　星期五

早起至省府开例会，闻新主席昨日午后四时已到。例会十一时毕，今日民享社办午餐甚丰，参、顾同仁十八由陶季贤约往拜会新主席，至官邸座谈，分询各员略历，茶罢即出。天热甚。今晨饶聘卿又请予与包、陶、饶诸人赏花，时间赶不及，均未去。至洗爵溪寓略憩，至县志馆与凤喈、志纯、豫生诸君一谈，并以贡九为予作《西迁诗草》骈文序示之，均称善。此是贡九用心之作，非曩日随便成篇者也。今晨作诗一首赠朱厅长，有规劝其改改脾气之意，逆料彼不能受。《传》曰，惟善人能受尽言。从前严立三先生虽虚衷，对予言亦采纳者少，况朱不虚衷耶。四时归寓，晚阅杂书，十一时寝。

十七日　晴热　小雨一次　八月五日　星期六

早起，十时至省府，今日聚餐二十桌，便请新秘书长。此款则合作社馀利所提出者，菜丰盛。午后取加薪，自五月起至七月共加三个月，设非换主席，此款财厅不得补发，恐新任掠美，赵志垚为人厉害，可畏哉。三时回寓，晚以目光发蒙早寝。

十八日　晨阴　十时以后闷热　十一时大雨如注　水深五六寸　四时晴　八月六日　星期日

早起，饭后欲为沈碧舫补画，适陈登甫来，遂止。命程仆往省府取信件兼送各处信，未几大雨倾盆，雷电交作，震屋有声。四时仍晴。晚阅杂书、补写杂稿，十时寝。

十九日　晴热甚　八月七日　星期一

早起，饭后为碧舫画题款，书"春三月"，因迩时所成已半矣。午后写自留三画款及诗，颇得意。沈画费二日之力乃成，为近年所作之佳者。彼能画且懂画，是以精心为之。晚十时以目力不佳遂寝。梦闲今日与定儿回寓。

二十日　晴热甚　有风　今日子时已立秋　八月八日　星期二

早起，足软疲甚，拟今日出门，以天热如此未敢出。为沈画写诗并予未添款之画一一写成，心慰之。至晚写信二件，十时寝。

廿一日　晴热　八月九日　星期三

早起，饭后为胡凤喈先生作画已成矣。晚间又为作寿诗二首，和聘卿诗一首。四日聘卿招饮未能往，作一诗谢之。又和其填词一阕，惟彼就《双荷叶》词牌，则非予所喜，因中间有叠句也，拉杂成词而已。十时寝。

廿二日　晴热　八月十日　星期四

早起，饭后至县志馆与胡、陈诸先生一谈，晚归为凤老写款、写诗毕，阅唐诗并补作诗馀二首，皆从前起稿中止者也。

廿三日　晴热　八月十一日　星期五

早起，清理案上各事。九时贡九来，留便饭，与谈省府各事并研讨诗文，至下午四时贡九方去。晚间写信二件，十一时寝。

廿四日　晴热　八月十二日　星期六

早起，饭后写信三件，午后命仆送凤喈、豫生、聘卿诗词并画轴。此一段情债今日方结，心胸一快。晚补作未竣诗词，十一时寝。转钟一时醒，闻警报心中测度，今夕为廿四，何以有警报耶？未几紧急警报作矣。予披起视，月初升，立门外听之，无甚动静，视时计已一点半，仍寝。

廿五日　晴热　八月十三日　星期日

早起，王伯彦来，并带万县野菊一包充抗者也，系义女性叔①托人带施也。与谈各事，留早饭去。正午往洗爵

---

① 叔，应为"淑"。

溪新庐，登甫在座，云明日回荆门接家眷往安康，再不经此地，遂留之饭毕，予往师院开会，系张春霆先生与各教授组织者，成立教授会议，所以挽师院颓风，欲整一切也。叶叔良尚未回，事已至此，真无对省府与教育部也。学院为清高机关，教授为清高人格，陈友松覆辙在前，叶叔良必欲蹈之，何也？延来者既不称职，总务上反不如陈友松时代之较有条，闻教部自改国立后，先后来款已二百余万，予等知之仅为八十万之数，经济何不公开。噫！陈友松所获几何？谚所谓"杀人只落得一双血手"。叶未归，将来此一本糊涂账谁与清算耶？三时半返新庐再与凤、志、豫三先生谈一小时回寓。晚补写日记，十一时寝。

廿六日　晴热　八月十四日　星期一

早起，饭后为饶聘卿画白莲，用渲染法，惜纸劣未能显白色与笔力，幸姿态尚活泼也。晚阅杂书，十一时寝。

廿七日　阴　午后二时大雨　四时半止　八月十五日　星期二

早起,饭后至洗爵溪寄庐,便带各画与志纯、凤喈、豫生一阅,遇聘卿来,与谈半时许。聘卿又示近作咏白莲填词一阕,其实牌名用《金缕曲》不如用《贺新凉》也。"荷净纳凉时"尤与咏莲尤切。四时回寓,途中雨大,路滑甚。饭后填词和聘卿,十时寝。

廿八日　晴热甚　八月十六日　星期三

早起,饭后至新寓,便往县志馆访豫生。因今贺伯名来商予为同乡会长,予允劝豫生为之,彼不可。午后与贡九同往教院开会,知叶院长事无更变,已有电来云云。教授会今日成立,公选春霆、先正、维新三人为第一次理事,讨论各事约三时许。馁甚,五时半出院回新寓吃饭,六时带定生回寓。九时补写日记,十一时寝。

廿九日　晴　极热　八月十七日　星期四

早起，饭后至师范学院与沈、冯谈一时许，就院中午饭。午后至新庐，便往县志馆谈各事，胡、陈、周、陈均在座。晚归，写信三件。十一时寝。

三十日　晴　极热　八月十八日　星期五

早起至新庐，遇梅先林夫妇来，留之便饭。午后往省府访刘慕曾取印诗稿，回寓补写饶聘老画件之款。晚间清理案上书籍等等，阅《通志·选举门》，始知饶凤瑛癸卯科未中举人也。拟自七月朔日起以后，写日记宜求简，微论现时物价高，但亦不易得，例如此日记纸一页需洋一元，馀以后更可推想矣，宜切记切记。十一时寝，明天记事须变更之。

七月

初一日　晴　极热　八月十九日　星期六

早起，写信与刘召南，答复荐赵凯事。收到师院聘函一件，隔送出期已廿日，奇哉。院中纷乱，前日张春老组织教授会议，维持学生食粮，予认为此举有功德，赞助之。连日秋气重，午热如蒸，早晚凉甚。

初二日　晴热　晚小雨　八月二十日　星期日

早起，十时入城候车不至，遂步行去，在东门民享食堂开同乡会成立大会。乡人迭商推予为监事主席，峻拒之。乃举佘子祥，以彼住城内便于开会也。下午三时毕，至曲水洞，与饶聘卿、陈豫生祝寿。饶六十九，陈六十三，隔日同诞辰，合并行之，亦奇谈也。五时归，写信二件。晚阅《大学章注》，不能入。

初三日　晴　极热　晚大雨　八月廿一日　星期一

早起，写字一帧，阅唐诗。午后欲复各处函，以疲乏中止。惠质夫来请介绍函。

初四日　晴　极热　八月廿二日

早起至新庐，带同定生往师院，去访刘亦农，还借书。彼留予父子吃饭，未便却之，并借得王国洋所著《大学》。见解超过立三先生之作，笔情畅达。近日负盛名者，闻王著作尚多云。晚间又阅五页，彼能引时事作证，故阅者喜之，写诗三首。

初五日　晴　极热　八月廿三日

早起至省府，与刘荣焌谈半时，细问其离乡后事并其戚黄志云后人如何。黄为十六年冬挚友，十九年彼病故在汉阳，其长子即荣焌之姊夫也。

初六日　晴热　晚雨　八月廿四日　星期四

早起，清理书案上各件。饭后写信三件。晚阅杂志及师院借来各书，真是翻阅而已。晚宴寝。

初七日　晴热　晚未见星月　今日为七夕　八月廿五日　星期五

早起，到师院去领薪水，知已改照国立待遇，比照上月所得加一倍半矣。如此办法有春□，人多之教授颇吃亏也。在县志饭，与胡际谐君谈甚久，四时归。

初八日　晴热　月色佳　八月廿六日　星期六

早起，十时半至图书馆。正午至包贡九家略坐。今晨林均中来，留便饭去。午后六时王主席请四院教授及附近中小学校长到民享，云是孔子圣诞节，又明天为教师节。孔子生期是周夏正，予不精考据，不知之以阳历为孔子诞辰者何？廿三年，南京考试院长戴传贤所议定，通令全国遵照者也，凡中国旧节气一律须用阳历。以故元宵无圆月，三月三天气大热，端午无榴花，中秋无月色，重阳在旧七月下旬，除夕有月光，均属奇事。今日民享社到教师百馀人，计席十二桌，以肴菜现时价格，每桌至少二千五百元。主席演词得体，时间不长。从前吃一次饭，演词甚至一小时。食毕致答词。如李晓园、胡忠民诸君须必一时至二时，吃饭乃为苦事。去年教育学院迭为各长官邀约聚餐，予是以不敢去也。今夕无人致答词，真好景况矣！因沈议长不善说，郤院长老诚，农学院长欲试而不能。党部诸位虽欲言似不便也。七时半散席，仆接予归，月色佳，抵寓多感触亡室孟夫人，七月初九日为其忌日，屈指十一年矣。果如当日所说即投人生，已十一岁，元微之"他生缘会更难期"，伤心语也。

初九日　晴热　晚月色佳　八月廿七日　星期日

早起，饭后送廿六年至廿九年日记与胡凤喈、陈志纯、陈豫生、张干青分看予之错误处。日记原不可以送人看者，惟语多伤时，指斥语更不可以政界少年看。彼四位年高纯谨，可以阅予日记也。阅报知盟军已入巴黎，德国已开始败退，倭寇势渐衰，奥援失，自身亦危矣哉！四时半回寓，饭后欲为亡室焚楮具香烛，继思已逾十一年。死者果有知乎？只鉴予思念之心可也。无知则亦不必有此仪式。

初十日　晴热　晚月色佳　八月廿八日　星期一

饭后至省府买油盐米等物。至刘慕曾处，托其转询各事。至新庐略息。至县志馆与胡、陈、张诸君谈各事。志纯谓予日记须涂去者数事，此指廿七年所记各事虑患深，应改之。途中遇张文华求写介绍信考六中，近来初中、高中学生投考之难，与从前科举同，真进身不易也。回寓饭后已六时。七时月已出。警报作，敌机一架在此盘旋约一小时，投弹三次，第二次有一弹似投在七里坪过去不远之地。

十一日　晴热　晚月光大明　八月廿九日　星期二

林均中早来，留便饭去。午后自浣衣服，万氏又令予怄气，益令人念及孟夫人也。陈季明、章宗辉同来，谓系党部资格到施受训者。季明、田彬生、胡文卿俱带酒烟来赠予。前日均中亦带烟来施南，烟价高，得此可省此一笔费用。予西迁后始吸纸烟，近年为环境不佳，晚间饭后必吸之，此不良嗜好不谓五十三岁以后乃得之。晚八时又有警报，我侦察机在上空逡巡约一时许，想城内、土桥坝、红庙三处民众又扰扰两时矣！

十二日 晴 极热 晚月昏黄 八月卅日 星期三

早起，盥漱毕出门去。寓中今晨无水，至新庐吃饭。至师院，闻叶院长已回部，派督学徐瑞祥号耀周，江苏人。来院查账，并传学生代表谈话。省参议会已有油印代电至渝分致各院，并湖北参政孔、陈、李诸人，说明师院办理不善，须换人主持。学生已将此代电贴于大礼堂。此李副教授告予者，索原电观之不可得。议会代电不应翻印分发各学生，近于散传单也。是非公论，部既派人，当有住院各教授可谈话，且师范学院既归国立，如议会如此主持，将来部中必疑该会为学生背景也。此事不知沈议长知之否。四时半回寓，八时警报作，敌机三四架看不清楚，投弹甚多，以理度之，似在飞机场与北门外一带，约十分钟乃散去。

十三日　早阴　午后雨　八月卅一日　星期四

早起,至省府探问各事。鲁祖轸来送予月饼二枚、袜子一双。省银所购者,价廉,外人不能享受。渠就银行事已二年矣。晚《阅字辨》知予幼时所读误字尚多,他日必立一簿记之,以免害后人也。

十四日　阴雨　午后大雨　晚雨达旦　九月一日　星期五

早起至新庐吃饭,便与陈、陈、张诸君一谈,午后雨未止。今日应无警报,城内居民可安睡矣。晚阅元明人散曲、套数,曲之语句较词灵活多,此所以代表元末明初文字之美也。

十五日 雨 九月二日 星期六

早起,倦甚,命仆买肉菜等等。午后三时祀祖宗,烧包袱,具酒肴,今年只说尽心而已。迟生出外三日未回,梦闲亦不回寓,命仆引定生回寓。五时祀祖毕,吃饭后定生欲回去,命仆送之归。晚阅王国维所编词话。

十六日 雨 午后更大 九月三日 星期日

早起,看杂书。今日师范午后开教授会议不能去。晚写信四件,阅唐、宋、明诸家之诗,明诗有独到处,不减宋诗风格也。

十七日 雨 九月四日 星期一

早起,命仆买油盐。省府自秘书处改组后熟人少,托办之事甚难。晚为改送陈豫生、饶聘卿寿诗，一为六十三，一为六十九岁，非整寿，非不易说也。

十八日　雨　夜雨　九月五日　星期二

早起，至省银行开图书、仪器清查会，第二会主任委员已易罗贡华，周菊材、杨子敬、廖西平、潘龙霖俱到，张春霆先生表示不到。从前有此说，今日未来。林牖民、张德廷两馆长新旧交替，俱来列席。正午在行吃饭，菜饭俱佳。午后一时便访包贡九，病不甚重，谈片刻，往至省府取薪水归。晚自订《西迁诗草》《偶忆集》《词抄》三种，分送至好。至转钟一时方寝。

十九日　雨　九月六日　星期三

早起。连日雨未止，室中湿气重，又不能出门，闷甚。午后惠质夫、梅先霖、龙诗樵先后来谈去。晚仍雨，省府送函来，请予代拟阵亡将士纪念塔铭。

二十日　雨　晚雨达旦　九月七日　星期四

早起。午后写信二件。傍晚定生回寓，云未吃饭，予疑其逃学也，与之饭毕，命陈仆送之回新庐。

廿一日　雨　晚雨达旦　今日白露节　九月八日　星期五

早起。午后阅报，祁阳之失已久，现在守零陵，湖南要地俱失矣。

廿二日　雨终日　九月九日　星期六

早起。午后阅杂书。阅报战事，湘战仍败，盟军对德似胜利。晚写信二件，清理案上各事。

廿三日　雨　九月十日　星期日

早起。饭后写信二件。命仆至省府取信件。午后阅报，无甚紧要事。

廿四日　早雨一阵　似有晴意　午后仍大雨　晚雨达旦　九月十一日　星期一

早起。饭后至洗爵溪新庐，便至县志馆与陈、胡、陈、王、佘诸君谈天及杂事约三小时。闻师院叶院长决辞职，此一误会，铸成大错，致学院事一切停顿。学生起风潮，教授对院事不满矣！四时半饭毕回寓，十二时寝。

廿五日　雨　午后一时大雨至晚　九月十二日　星期二

早起。饭后疲甚，又睡二小时，再起阅书。写信与贡九，告知各事，程仆未归，命迟生送往，恐其望信也。

廿六日　阴　午后二时见太阳约一小时　九月十三日　星期三

六时起。饭后阅杂书，真是浏览，因前借各书已还清，所馀小字诸书，阅之久伤目力。予目至今未废，未带眼镜，以故寓中现有书搬来检去，真看未入也。设在太平时局安心读书，何等快乐耶。晚间图书馆著人来请予明晨到铁厂清书，且云张春霆先生亦愿再去，予遂不得不允之。

廿七日　晴　九月十四日　星期四

七时饭毕，有财与老程抬轿，八时动身，到铁厂时甚早。周菊材及图书馆有三人在此候杨、张二先生来，予带迟生去帮忙检查。正午饭毕开始再清，今日共清八箱。晚饭后与张、周、杨诸君谈甚久。寝后臭虫多，极不安。

廿八日　晴　九月十五日　星期五

六时起。今日清书十六箱，疲乏甚。搬铺在堂屋中挂帐子，无臭虫、蚊虫，睡甚安。

廿九日　晴燥　九月十六日　星期六

早起，今日清书共十八箱。昨今两日发现明版书印工模糊，纸张甚劣，非善本也，或系清初就原板刷印者。予家藏汲古阁初印之《陆放翁集》，书品好，纸色佳，较今日所见霄壤别矣。总之连上次所清，所谓明板者徒有其名，当时捐书者未必以佳者相赠。馆长如冯毕谈诸君，当时亦不能以重价购书耳，至宋、元版则未见之。今夕疲乏甚，学生刘，嘉鱼人，姚宏磷，沔阳人，来此为临时录事，已考取师院英语、数理系，尚未入院者。英文书籍三箱皆姚帮忙，周、杨二君能读英文者也。

八月

初一日　晴　九月十七日

早起,清书一箱,再食稀饭,又清二箱,已上午十二时矣,轿子来接予,遂回寓。饭后睡三小时,偿连夕未睡之债而已。闻今日惠质夫同段家庆来寓,未说什么径去。

初二日　阴　时有小雨　九月十八日　星期一

五时半起,饭后往新庐,至师范晤叶院长、舒峻山诸人,谈一时许归。便与县志馆诸君一叙。下午四时回寓,今日为先叔森亭公忌日,未能具香楮。先叔殁于光绪己亥,今已四十五年矣,记往事不胜怆然。

初三日　晴　九月十八日　星期二

早起。饭后至省府并图书馆，借得《词律》一部。晚接鄂城朱茂林、周淬成挂号信二件，阅邮戳并二函内日月，已百馀日矣。本籍来信以此为最迟，洪英复予函每每一月或四十天即到，不知挂号函何以如此，想别有故矣。孟款五百元已拨交，内附愚溪夏历五月初四收条，亲笔并盖私章。又淬成函内附有拨孟广纬家春款五百元，系孟爕义堂代收收条一纸，明后天即转广纬。

初四日　晴　九月十九日

早起，连日天未曙即醒，醒即起床，否则鼻涕横流，如伤风疾，此民国十年状态。在武汉教学时屡见之者。午后阅《词律》，晚疲目倦早寝。

初五日　晴　九月二十日　星期四

六时起。七时带仆至土桥坝菜厂买物，物价高至不可思议，藕一斤半、极小干鱼半斤、葱三把、黑干子五块共去价一百廿元。从前在武汉生活，予每月只用四十元，天天鱼肉，今则抵从前三个月用度。纸币不值钱，恐将来尚有不可思议者在也。须往省府、师院商各事，午后三时方回寓。

初六日　晴热　九月廿一日　星期五

早起。饭后写信四件，命仆送出。午后约赵凯来写油印文稿，当交二篇。先写《先君行状》《先妣行述》，二篇字数过多，馀篇当续写之。

民国三十三年（1944年）　八月

初七日　晴热甚　九月廿二日　星期六

饭后往师院、省府各坐一小时。在新庐吃饭，在县志馆谈甚久。

初八日　晴　热如暑天　月色大明　九月廿四日　星期日

早起，命程仆随予同往土桥坝买菜，因今日陈季明须来寓吃饭也，午后竟未来。晚间七时警报大作，敌机炸万县、巫山等处，报话筒此间听之甚晰也。

初九日　晴　热如伏　晚有月色　九月廿五日　星期一

早起。午前九时舒峻山来谈，师范今日不能发薪，予留之早饭去。晚四时刘慕曾、周印澄来谈甚久去。傍晚月出，警报大作，时间甚长，大约敌机又袭四川也，十时解除。想城内居民难安矣。

初十日　晴热甚　九月廿六日　星期二

早起，饭后阅医书，前自铁厂借回者也。先君医术深，看书多，记古方尤熟，予昔未学。先君病甚时，屡欲学而不能传授矣，语曰：为人子者不可不知医。是知医者利人利己之学。先代读书者无不知医，今则西医为时髦矣。西迁以来西药缺乏，西医无用武之地，中医乃得救急，如是施南七属中医又行矣，一盛一衰，可以推其他各事也。傍晚警报大作，敌机又袭川，六时四十分发警报起，至十一时半尚未解除。十二时闻敌机过上空，大约系炸成都，不然非如此长时间也。

十一日　晴　午后雨　晚大雨达旦　九月廿七日　星期三

早起。饭后至师院与叶、季、卢诸君略谈，取得薪水回寓。晚大雨，予于枕上闻之已转钟矣。

十二日　早雨　午后放晴　甚热　晚月色大明　九月廿八日　星期四

早起。饭后命仆买油挑米等事，予亦往省府去一次。晚月光大明，虑有空袭，十一时寝后竟未闻也，转钟后闻风雨声。

十三日　大雨　九月廿九日　星期五

早起。天气已变，风雨大作。昨夕十一时天晴月朗，今忽风雨。可见人事不可测，军事胜败不可必，亦如天道矣。噫，何怪人情反复为。饭后窦衡之来谈甚久去，谓渠不久须往万县住家，其子已汇款万元约彼去也，本府薪津欲托予代领，予已许之。晚七时警报大作，天雨，敌机何能出发耶。

十四日　雨　九月卅日　星期六

早起。饭后刘子奎道其姑父送好酒二斤半，月饼二盒来酬谢予者，却之不恭。午后命仆至城内送信，云未晤梅先林，原纸烟带转矣。

十五日　早阴　午后三时仍雨　晚雨达旦　十月一日　星期日

八时半起，九时饭毕。今日周汶与汤女医生结婚，送洋二百元，今年一百元实不及未抗战时送贺礼二元也。因鲁鲁山请予宴，以初交不能不去，遂在周处匆匆不待其行礼，竟约贡九同往审计处，谈一时许开席。酒肴极丰，同席者皆汉声诗社同人，仅张春霆先生因事未到耳。午后二时半回寓。今日龙诗樵亦送月饼二盒来，去价四百元。予以彼不应送予物，便以烟二包付来人带去转赠，亦可抵二百元礼物也。晚间仍大雨，中秋无月，愁象满天。噫，乖气耶。

民国三十三年（1944年）　八月

十六日　阴雨　十月二日　星期一

早起。饭后拟出门，以路滑中止。阅目耕斋八股文，此等与清末制艺殊，有古文气概，如金声、黄淳耀两先生之作，不可以时文俗学目之也。晚间杜威来谈半时去。补作中秋诗，以兴趣不佳中止，因限题无甚意义。

十七日　阴　时有小雨　十月三日　星期二

早起，连日四时即醒，醒则不安枕矣。类伤风，喷嚏鼻涕流清。予每逢秋季必月有十馀天如此状，肺属金，应秋气。殆肺间有毛病，医生无确切之答复，抗战以前诊过，民国十一二年在武昌三一中学住宿时，此病最利害，可惜未向同仁医院求治也。午后一时至包宅、教育厅、省府等处一谈。三时为阎任之饯行，在民享社予与笃周、贡九、傅逸麓，陈豫生为主人，五菜一汤，酒烟在外，去价一千元。据说如在馆中请此席须增二百元也，此席该社前年开张时价四十元,今增廿四倍矣。傍晚归。

十八日　晴　晚月色昏黄　十月四日　星期三

早起。饭后至师院谈各事。在洗爵溪草庐吃饭。四时归,途中闻警报。到寓饭后阅杂书。晚十时欲就寝,闻飞机声甚厉,出门视知为敌机,未几又来一架,约十分钟后炸声、高射炮声齐,投弹似在城内,敌机过去后闻小炸弹声,似在七里坪附近。扰扰至十一时半方寝。

十九日　雨　阴　十月五日　星期四

早起。午后又至师院,今晨接贡九信,知昨所说师院换院长杨玉清不确,既不确,何必向人云已见电报耶?凡此紧急之事,又关系院方忿工,学生泄愤或短气,真不可乱说也。晚阅词选及苏文、欧阳散文。窃叹文忠公有子能传父文、继父业矣。今日为亡儿根生忌日,屈指已逾六年,伤哉。宜昌镇景山距市区仅四里,不知儿墓尚无损坏否。

二十日　雨　午后稍有晴意　晚仍雨　十月六日　星期五

早起。十时往师院与程秘书文烨说梦闲事已妥。晚阅杂书不能记忆，脑力渐减矣。

廿一日　雨　午正稍止　下午五时仍雨　十月七日　星期六

早起。十时到洗爵溪，十二时饭毕。午后带梦闲至院会程、刘诸人。二时半予往大礼堂开教授会议，四时半散，回新庐，饭毕回寓。

廿二日　雨　今日寒露　十月八日　星期日

早饭毕，带程仆至图书馆借书，便在包贡九寓坐谈一时许,午后至笠厂、运筹二处谈甚久。四时回寓,短褂汗湿,前一件未洗,无第三件,乃着旧洋布褂。室内可着棉衣,行路汗出如渖,连日雨多转寒,此地真难卫生,可保不染病也。闻窦顾问秉钧来寓,言渠雨住即赴利川云。

廿三日　雨　十月九日　星期一

早起。饭后子骏来约请窦衡之饯行,定明日午后一时,予赞成之,以二菜相拼,仅接衡之一人,彼有四菜一汤够矣。晚接石信嘉转来朱次诚之甥余非畏一函,想系其第二甥,抗战前在武昌学贸者,函中叙及其父母已卒,并探次诚尚在武昌否,彼尚不知次诚廿七年冬已故矣。阅之伤感,皆倭寇之赐。天雨已十一日,至今夕仍未止,战事又失利,天心助恶欤?然吾国从前政治、近时兵力,皆可推想,天果何心助恶哉!

廿四日　雨　十月十日　星期二

早起。饭后写信二件，十一时阅杂书。午正衡之来，午后二时杜子骏开席，予以二菜并入，三时席散，与衡之再谈各事，天雨恐彼不能成行也。

廿五日　阴雨　十月十一日　星期三

早起，连日晨五时即醒，醒则不能安枕，不起床即类伤风，鼻涕并出，极难受矣。饭后天阴，至土桥坝、省府并略坐，至包宅谈数语即出。四时归，晚雨，气候转寒。

廿六日　雨　十月十二日　星期四

早起。乔淑子来求转学至国文系，乔生文笔甚佳，去冬予嘱其转入国文系，彼未注意，因音乐科夏之秋不许彼转系也。已许其明晨为彼帮忙。陈季明、陈怀任来谈,便留之饭去。季明赠洋二千元与迟生作住学补助费。彼上月来施受训时即已言之,彼在前方与人合贸,在此为区区之数,予欲筹二千元则不易矣。晚雨颇可恨,今年下季收成已到手而天变如此,乖气所钟欤。

廿七日　早阴　午后大雨　晚雨达旦　十月十三日　星期五

早起。饭后路已干可行,遂至师院,途中逢小雨,与张春老谈乔生事,知开会决议不能行。今日新生登记,院中逢雨泥滑难行,学生之住、食、行均不佳,只好说国难能读书范围其身心而已。正午回,过新庐。大雨,以皮鞋滑不能行,遂在县志馆与胡、张、陈诸君谈二时许,陈仆送钉鞋去乃得归。晚雨更大,计至今日止已下雨十六天矣,此真亡国天气,予西迁后住施南所仅见者。

廿八日　阴雨　寒　十月十四日　星期六

早起。午后阅《近代文学变迁史》,论诗词颇有见地,惜其为白话论列也。晚间写复各处函,今日雨中有警报二次。

廿九日　午前阴　午后雨　十月十五日

早起。今日嘱迟生上学,该校至今方开课,名为高中,教员亦不全,简直误人子弟耳。湖北之计画教育,识者讥之。

卅日　雨终日　十月十六日　星期一

早起。饭后阅南洋一书,中华书局出版,十五年以前事也。写孟广纬联已成,备明日送寄。袁子青、王安雪均来函,王似已有存款。如此世界真所谓有力者居之。子青函云:乡间似不太平,大约敌人抓伕事也。

九月

初一日　阴雨　十月十七日　星期二

早起。饭后写影本三张，为定生习字之用。午后阅报，倭寇似败势，美军海空俱进，然倭寇亦未示弱，并击沉美国航空母舰三艘，据此则美亦受损失矣。

初二日　雨　十月十八日　星期三

早起。连日雨未停，殊为愁闷，在图书馆借来参考书阅之，遣闷而已。师院新生尚未上课，已届十月下旬矣，不知何时上课。予不知当局办事何以如此迟滞。学生在外间住者，每日花钱多少不知院中曾念及否。既误光阴，尤非道德心，为之浩叹耳。

初三日 晨雨 午后阴 晚仍雨 十月十九日 星期四

早起,到师院送表及中等学生补助费公事与卢俊,院中公事八月竟失去,各教员并未阅此文件,真属怪事。午后四时回寓,路滑甚,几不能行,如此霪雨可谓乖气,可谓亡国气象也。

初四日 雨 十月二十日 星期五

早起。午后为蔡朴周写一宣纸单条,系钟鼎文,颇得意。今年因宣纸不易得,乃为渠多写几字,如廿七年以前在武汉,予不写此纸矣。物质渐少,此时用钱亦无处购得。噫,抗战何时结束耶。

初五日　早雨　九时以后阴　晚十一时以后大雨达旦未已　十月廿一日　星期六

四时起，天尚早，又睡去，九时再起。程仆买菜及肉，自城内购得者也。饭后清理各事。午后二时至包贡九寓坐谈至晚方归，路难行，幸有仆人扶之。到寓后阅《文选》至十二时寝。

初六日　早大雨　午后阴　十月廿二日　星期日

早起。饭后包贡九来，与同至七里坪访乡公所，新乡长姓鲁，前五年在远安县见过者。小坐即出，至刘子奎家，彼为其侄结婚请客也，送二百贺礼。下午四时酒三席，半为省府同仁。六时归，路滑甚。

民国三十三年(1944年)　九月

初七日　雨　十月廿三日　星期一

早起。饭后为蔡朴周作画。下午四时已大致成就矣。晚间有警报。

初八日　阴雨　午后似有晴意　晚仍大雨　十月廿四日　星期二

早起。饭后补蔡画已成，拟一诗明日写款时书之。西迁以后作画甚少，画就必题诗一首或二首，或古风一章，此与抗战前不同之点。

初九日　早大雨　午后三时晴　十月廿五日　星期三

早起。饭后写信二件。十一时有警，十二时半尚未解除。下午至曲水洞荫会，仍去年旧人，沈碧舫社长未到，诗题则春霆社长与贡九所拟。既有曲水洞又加岫庐题目，嫌长矣。三时半又有警报，傍晚席散回寓。

初十日　晴　晚有月色　十月廿六日　星期四

早起，天气已晴，嘱仆预备浣衣。十时往民享社，因今日湖堂同学聚得十三人，连理化博物并约只有此数。今年参议会开会任岱青未至，张啸青回鄂东，鄢云斋回鄂北，不然共有十六人矣。公请张春霆、谈君讷二先生作欢聚。谈先生年七十三，张先生六十八，同学之长者，聂守经亦六十八，最少者李范一，亦五十四矣。回首卅三年前事，真有感慨也。馀为饶校文、述吾兄弟、熊铁华、张干青、易泮香、石砥丞、吴道南、苑思滨、曾义成、陈肖峰及予共为十五人，酒肴均丰，则李范一之力。今日本拟公份，范一必欲归其一人，已预付价与该社矣。四时尽欢而散，今日算晴大半日矣。归后有警报二次，十一时半敌机方过上空去。

十一日　晴　晚雨一阵　有月色　十月廿七日　星期五

早起。有情报，飞机起飞数次。午后一时到省府买布并取信纸等件，至县志馆略坐即回。夕阳西下，虑有警报也。五时半吃晚饭未毕，紧急警报大作矣。闻敌军近败于美，晚趁月色连夕袭梁山、万县飞机场云。今日窦衡之来辞行，云明晨赴万县。

十二日　雨终日　十月廿八日　星期六

五时闻风雨声作，七时半起。饭后为林启贤、蔡朴周作画，已大体布置画水墨山水，甚简单，易成也。晚阅《湖北通志》一至四册毕，绘图多不确，旧法，不及民国初年出版地图精而准，不限定现地图与历史图也。

十三日　晴　月光如昼　十月廿九日　星期日

八时起。午后为蔡、杜补画俱成矣。晚饭后刚六时紧急警报大作,自是至九时半来敌机六架,往返回环投炸弹七次,低飞扫射者三次,每次约六七分钟方去。施南自有夜袭以来无此长时间,且有一次震予住宅甚摇摇者。十二时犹未解除,可见城内与土桥坝居民避洞中之苦矣。今日为先母诞辰,未能焚楮致奠,心伤甚。倘吾母在世,今年九十一矣。

十四日　阴　大雨数阵　傍晚大雨　十月卅日　星期一

九时起。十一时到院。午后阅《清文评注》,陈祖范、号见复。李荣升文均佳。晚阅杂书,十一时寝。

十五日　阴　晚小雨数阵　十月卅一日　星期二

九时起。午后至省府取薪遇包贡九，云人事处郑某有什么话说，予告以答覆各事。傍晚归，晚阅《清文钞》十页。今夕无警报，安然寝。

十六日　半晴阴　十一月一日　星期三

九时起，昨睡甚恬。饭后至七里坪赶场并会鲁乡长，托柴六十斤，去价二百卅元。彼照前岁价分之，今年柴价每百斤三百馀元，去秋价高时不过八十元，以后犹难推测矣。访警察所长李，五峰人，为渔洋关皮升如之甥。据说渔关房屋去年敌人到时俱焚毁矣。前日来查户口之户籍警，利川人。予问其所长何姓，答云姓王，问为何处人，则云不知，异哉，此户籍警察也。

十七日　阴　小雨时作　晚大雨　十一月二日　星期四

早起。饭后看《清文钞》十页。午后三时往洗爵溪新庐，匆匆数语。至县志馆略谈，虑晚间雨大，遂回寓。

十八日　雨终日　十一月三日　星期五

早起，命程仆去龙凤坝挑花生六十斤。归，至师范略谈各事并送杜世杰画幅，请李毓华转办。午后在新庐吃饭，以雨大傍晚回。明日又须往财厅宴并至师院开会也。十二时寝。

十九日　阴　小雨　十一月四日　星期六

早起。饭后至省府，闻高运筹、王小耕云，郑桓武以殃民为参议会及地方呈控省府撤职查办矣。旋在府晤贡九，予以其心不快未问此事。十一时至其寓略坐，与同往财厅，傅轶蘆始告桓武被控有廿六条，贡九以翁婿关系颇难为情。午后一时半开席，同座聘卿、凤喈、志纯、葆三、春霆，校文未到。今日始饮绍兴酒，渝方浙人所酿者也。三时席散，与贡九、志纯往五峰山，途遇春霆，已约师院同人至城内民享社开会。五时半聚餐，七时半方散。予着钉鞋行路，极以为苦，与志纯、茂先等携灯行至洗爵溪新庐，已八时半矣，衣汗湿，足疲软。十一时方寝，疲倦殊甚。

二十日　阴　小雨　十一月五日　星期日

早起。饭后作画。今午张春霆先生请客，又是城内民享社，予已作函辞谢矣。晚阅杂书，十一时寝。

廿一日　阴　雨　十一月六日　星期一

早起。连日天气阴郁愁惨，自八月十一日起阴雨卅六日，晴霁共计不过六天，馀为阴沉阴寒而已，吁！此亡国天气欤？令人遐想清光绪间鄂东南风调雨顺时也。晚阅《清文选》毕，二本朱一是、贺贻孙、陈祖范、周容、李荣升诸人之文，昔年未见过，立论见解均有独到处，而笔力足以达之。从前科举时代所读者《古文观止》而已，何其碍也。今日师院始送课表来，明日上课，新班学生迟至此时授课，徒误光阴。其实中央对此院已拨款近千万元。噫，谁之咎欤？

廿二日　阴　小雨数次　今日立冬　十一月七日　星期二

早起。饭后至省府并包宅，九时到院，十时授课，教室极不佳且无黑板、讲台等等。学生国文、英文合班，约四十馀人，嘱各书籍贯。鄂北学生最多，外省学生八名，鄂城亦有一人。予在教院三年矣，闻鄂城共不过六人，予实未教之也。十二时在舒峻山寓吃饭。午后一时国文学会成立，教师讲话太多，耽误时间，予已□之不奈，已先出。嗣春霆先生与朱源滔必欲予往城内聚餐，又耽延至八时半方毕。步行至下官坡购得灯笼,到新庐时倦顿不能动矣。梦闲今日生辰,有女宾数人来,具夜餐,予未食。十时半寝,伤风。

廿三日　早晴　九时仍雨　十一月八日　星期三

早起。七时至院上课,以天晴不携雨具去,九时上课,大雨又至,如此天气,问之本地人,云向来不如此。噫,怪哉。十一时借雨具回新庐吃饭。午后一时回寓。晚阅庚子联军入京及办理天津救济难民日记事,笔墨甚佳,已阅竣方寝。

廿四日　晴阴不定　十一月九日　星期四

早起。饭后写信二件,阅杂书。欲为刘晓庶之尊人作墓碑文,以心绪杂未执笔也。然一旬内必成之,恐过迟无以对学友也。今日有警报二次,晚间亦有警报,闻安康、老河口均被炸。

廿五日　晴　十一月十日　星期五

早起。午前十时有警报。午后至师范学院授课。晚七时半有警报,听放音器报告敌机由五峰过来凤云云,十二时方解除。今年敌机每每夜袭万县、梁山等处,近两夕皆黑夜也,彼竟能飞行,可见敌人进步矣。

廿六日　晴　午后七时仍雨　晚大雨　十一月十一日　星期六

早起。饭后带同程仆至坪赶场买柴,并写函分邀李少仁、刘荣焌明日来寓便饭,借与少仁饯行也。下午一时有警报,敌机未至。傍晚夏卫民、韩镇东来谈半时去。

廿七日　阴　晚大雨　十一月十二日　星期日

早起，清理家中各事。午后二时刘荣焌、鲁国兴、任琦瑛、任开玉先后来，而黎子玉、李少仁竟未至。少仁来片请改至星期二，遂开席，此因琦瑛之父送予香烟，国兴前送予桃栗，少仁不久赴竹山任，不能不请渠便饭一次。然每次请客麻烦一日，似于此物力维难之时不相宜也。五时散去，晚阅杂书至十一时寝。

廿八日　阴雨　十一月十三日　星期一

早起。饭后到洗爵溪新庐，便约卢俊、崔思贤及县志馆居住之陈志纯、毕斗山、佘甲三、王茂先到庐便饭，菜则寓中所办，今日再添三肴，午后二时饮毕。豫生、干青已往金子坝，今日未与此宴也。明日有课，遂宿新庐，睡极不安。

廿九日　阴小雨　十一月十四日　星期二

早起。九时往院授课，午后回寓。晚饭后早寝，室中有貓，鼠被咬毙三。睡甚安。

三十日　阴　午后四时见太阳片刻　十一月十五日　星期三

昨睡甚恬，八时半乃起，九时匆匆至院授课。午正回新庐吃饭再去上课。三时半乃回寓，足力疲矣。昨午后李少仁、卢子刚来便饭。

十月

初一日　晴阴不定　十一月十六日　星期四

早起。饭后往师院、新庐各耽延甚久。晚阅《医学入门》，明版之不精者字大易看，医学理太精邃，予当日未曾学焉，乃知先君子从前看书之精密。幼时见家藏《医宗金鉴》《景岳全书》《黄氏八种》诸大部无不朱墨圈点三四次者，真难能也。

初二日　晴　十一月十七日　星期五

早起。十一时至院。午后一时上课二堂，四时归。闻近日敌人在宜、沙增兵，广西战事惨败，真可虑也。

初三日　早大雾　晴　十一月十八日　星期六

八时起。午后至师院取款，仅得一条云："下星期三发欠薪。"听之而已。晚阅杂书并参考讲义，字小极难看，目力受伤不少。今日报载战况极坏。

初四日　霜　晴　十一月十九日　星期日

八时起。饭后往余保诚家吊丧，其父病故也。与少仁、贡九略谈，十一时至沈碧舫寓谈一时许。午后回寓，任琦瑛在此乞予讲《大学》数节，留便饭去。陈季明函，知今日来寓吃饭，竟未至也。

初五日　阴晴不定　十一月二十日　星期一

早起，至省府交涉油盐米谷事；至分配所交涉柴煤事；至省银行交涉糖与布事。凡事皆自己料理，仆人不中用，欲托之必错误。正午在姜文山寓吃饭。今日战况闻更不佳，傍晚归，晚阅医书三十馀页。

初六日 大雾如雨 晴 十一月廿一日 星期二

晏起，视时计上课钟点已过，遂未到院。饭后至图书馆借书三种归，备参考也。六时半往看王继武谈片刻，警报大作遂回。七时闻敌机偏空掠过。

初七日 晴 十一月廿二日 星期三

早起。今日上午下午俱到院，授讲四小时，颇吃力，晚归。饭后阅画册，借以解闷而已。清代画家著名者多，亦有功力。二百馀年中除洪杨之乱、庚子联军之役，国家均属太平年岁。风调雨顺、物阜民康，故艺术家得享承平之福而成其高名也。噫，今何如时乎！洪杨之乱、联军之役，乱者不过数省。

初八日　晴　十一月廿三日　星期四

早起。午后至省府图书馆借书，买油米。便询时局极坏，国内战况，桂湘屡败，已至不可收拾地步。素以能守能战之白崇禧，今亦不知作何解说也。晚有警报。

初九日　晴　十一月廿四日　星期五

早起，清理各事。饭后往院授课，午后三时毕。四时取得补发欠薪一万三千元，此乃意想所不及者，不料部令须照中央待遇，自本年一月份补起也。陈友松欠予等十馀教授部给补助费约四万以去，至今无从追讨，然渠亦自隳其人格而已。晚饭后看杂书，晏寝。

初十日　阴雨　晚雨更大　十一月廿五日　星期六

早起。饭后带小伢往省府买油盐归,路极滑,不易行。晚阅杂书,九时寝,疲乏甚,睡甚恬。

十一日　雨　午后四时晴有日光　十一月廿六日　星期日

九时起,倦甚。饭后拟外出,以足软路滑遂止,阅画册。晚欲写函,以疲劳且目力不佳,不敢执笔也。

十二日　晴　寒　十一月廿七日　星期一

早起。饭后往省府、师院。午后至土桥坝,晚在县志馆谈各事。宿新庐,今日寒甚。

十三日　晴阴不定　十一月廿八日　星期二

早起，至师范学院上课。闻学生索欠款，院长许以每人发二千二百元。三百馀旧学生需款六十六万元云，此款从何处挪用乎？晚仍宿新庐。

十四日　小雨　阴寒　高山有积雪　十一月廿九日　星期三

早起，往师院上课，午后又上二次。晚四时半回寓，饭后阅杂书。连日桂贵战况极不佳，敌人势如破竹，我军节节败退，奈何奈何。今年下季气候反常，阴雨多、晴日少。据土著云，昔无此天气，盖乖气也。忆《记园琐记》《守汴志略》《明季北略》等书所载，水火刀兵土匪兵变为匪等事均出自季年，而闯献之乱愈炽，致史阁部一人无能为力，哀哉。回忆前车，不胜栗栗也。近时来凤、鹤峰一带，彭匪势而此县百果坝及芭蕉附近某乡，杀乡长之事以起，尤为可虑也。

十五日　阴寒　小雨　十一月卅日　星期四

早起。午后至省府。晚阅杂书，寒甚。闻今日战况不佳。

十六日　阴　寒甚　高山有雪　晨微雪　十二月一日　星期五

早起。午后至师范授课，以教室寒甚，仅上一堂，令诸生散往寝室。取十一月份薪归，晚以寒早寝。

十七日　晴　十二月二日　星期六

早起，嘱家人洗晒衣服。午后至店子坪、图书馆等处。晚早寝。

十八日　晴　十二月三日　星期日

早起。饭后至新庐,带同定儿往省府、店子坪、包宅等处一游,买糖果数事与之。益阳刘述陶等来施云,湘敌人据地后尚未大扰。然居其地民众仍似亡国奴耳。数年抗战,结果兵溃自乱,虽有盟机炸敌,其如我军不进何哉。

十九日　阴晴　十二月四日　星期一

早起。饭后至省府取十一月份薪。至师院取研究费竟未得。与叶叔良话别,渠已知新院长快来,院事归艾毓英代理,以后从此多事矣。国家用如此巨款培植师资,而光阴轻便过去。学生读书,下季仅两月,所获几何?四时归,有情报。晚间有我机盘旋,似往西飞者。黄仲恂来杜宅吃饭,予便陪之,与谈一时许而散。九时寝,倦疲甚。

二十日　雨　寒甚　十二月五日　星期二

晏起，倦甚。今日寒极未出门，命仆往城内买酱油等物归。晚写复窦衡之函并汇款与之，凑足二千元，邮汇费共六十元。

廿一日　阴　寒　午后雨　十二月六日　星期三

早起。饭后往师院授课。下午四时半回寄庐，候程仆送钉鞋、雨伞乃得回寓。晚阅杂书。今日闻湘、黔战事最坏。

廿二日　阴　十二月七日　星期四

晏起，倦甚。午后至省府人事处、包宅均略坐。晚阅报，战况仍如前，贵阳吃紧矣。

廿三日　阴寒　十二月八日　星期五

早起。午后至院授课，四时半归。晚写复卢海霞、任岱青函，致谢者也。海霞、岱青均送予纸烟，至今未复者也。

廿四日　阴寒　十二月九日　星期六

早起，阅战况有好转，独山已恢复，八寨、六寨相继克复云云。午后在师院授课并取得补发研究费。院长叶叔良早已离校，一切皆由艾主任负责云。晚归早寝。

廿五日　阴　寒甚　十二月十日　星期日

晏起。饭后至包宅、省府略询各事，谓战事确有好转。正午至陶季贤、张克宦寓略坐谈。二时至舞阳招待所，曹校长与崔女士结婚，予与梦闲、定生均往，送贺礼四百元。傍晚方回寄庐宿。

廿六日　阴寒　十二月十一日　星期一

早起。饭后至院取补研究费。郑南宣与予似有所说，予约以改日再谈。李毓华约郑便饭，纪廷藻、艾毓英同席，午后二时散去。予至城内买书，询之两家无有，至蔡朴周店中略坐。傍晚归，足力已疲矣。饭后早寝，转钟一时有警报，二时闻飞机声，以天黑予亦未起。

廿七日　阴寒　时有小雨　十二月十二日　星期二

早起，食饼二枚。至军管区司令部访黄仲恂，知其往省府矣，与其参谋长喻建章谈半时归。饭后往省府取得补给盐条，并访立庵、廖西平，谈一小时归。接胡文卿与袁次璋函。梦闲回寓。

廿八日　阴　寒甚　小雨　十二月十三日　星期三

早起，至师院授课二小时。午后又授二小时，讲话多，颇吃力。五时半学生鄂南籍者卅馀人，为史地系学生张友群青年从军送行，约予与赵、刘、贾三君吃饭，演说耽延二小时。八时半同程仆归，途中寒甚，早寝。

廿九日　微雪　小雨寒甚　十二月十四日　星期四

晏起，疲甚。午后自配菜，熬枸杞、当归膏，耽延三小时乃成。今日寒甚，门外风紧，料他处大雪矣。

十一月

初一日　阴　寒甚　早大霜结冰　十二月十五日　星期五

早起。饭后往师院授课。今日寒甚,阅报,战争似趋稳定矣。晚阅文录并复各处函。

初二日　阴寒　结冰　微雪　夜见星斗　十二月十六日　星期六

晏起。晨微雪,未去上课,风烈奇寒。午后至土桥坝、省府、包宅略坐谈,四时半归。以寒重早睡。

初三日　阴寒　十二月十七日　星期日

罗学生来寓，予未起，附洋带与迟生去。韩英华来，予仍未起，因渠所谈多重复语，予厌闻之也。午正乃起，饭后至洗爵溪。张春霆先生借县志请客，托该中代办，菜多食且饱。五时半回寓。

初四日　大霜　严寒　晴　十二月十八日　星期一

早起。天气放晴，嘱家人洗晒衣服及蚊帐等等。正饭间，杨昭恕来访，久约而未见者也。杨号心如，谷城人，清代西路小学毕业，后往北京大学习哲学，于古乐有研究。韩仲祁约今日往参议会，看七弦琴。彼如迟来，予往龙洞相左矣。留便饭，谈三小时乃去。午后二时半往军管区司令部晤黄仲恂，谈一时许，便托各事，彼已一一许之。访边清辰，谈半时。归途寒甚，到寓已昏黑矣，晚未作事。

民国三十三年（1944年）　　十一月

初五日　晴　早大霜　寒甚　十二月十九日　星期二

林均中来坐谈，予以为有所求，遂起，已九时矣，留之饭去。午后一时至省府教厅、食粮部等处谈各事。四时归，饭后六时一刻闻警报，七时解除，旋又闻警，八时解除，九时半又有警报，十一时犹未解除也，予遂寝。

初六日　大霜　晴　寒甚　十二月二十日　星期三

早起，至师院授课。午后又授二次，傍晚归。夜寒甚，写信二件，阅古文参考各书，十一时寝。

初七日　霜　晴　寒甚　十二月廿一日　星期四

晏起。饭后至省府、土桥坝、食粮部等处，交涉买柴炭等事。晚归，熬药膏子，费三小时之乃成。今日有警报二次,黄昏时也。

初八日　霜重　晴　寒甚　今日冬至节　十二月廿二日　星期五

饭后至洗爵溪略坐。午正至教院授课。傍晚归,复胡文卿、张重心等函,备明日发。重心赠予枸杞约斤许,须谢也。从前在武汉,闻甘枸杞佳,虑药肆欺人以伪者相与也。

初九日　晴寒　早大霜　十二月廿三日　星期六

早起,至师院授课。午后在新庐吃饭,三时乃归。晚阅杂书,早寝。

初十日　霜　晴寒　十二月廿四日　星期日

晏起。昨以足冷甚,又时时梦魇足弹动甚。晨疲乏,乃补睡二小时也。饭后为张文庆、鲁国兴各写长条一副。晚饭后觉疲,小睡一时乃起,阅杂文二小时,补作题胡玉斋六十谈往诗六首,借代函复也。

十一日 霜 晴 寒甚 十二月廿五日 星期一

早起,倦甚。十一时往省府买米、油条出,赴高运筹先生之约,在管卷室吃饭,同席者贺采庭及民厅白秘书、朱裕璧院长、立庵等十二人。肴多蒸菜鱼肉等等,均热而烂,且有白木耳等物。醉饱后至建厅访肖峰兄,略谈即归。晚九时半寝,倦疲殊甚,睡恬而安也。

十二日 晴 晚有北风 寒甚 星月大明 十二月廿六日 星期二

晏起,足软未出门。饭后林均中来谈谋事,约一时许去。晚间寒甚,拟作刘晓庶之尊人墓志,久未秉笔,生疏竟不敢作也。

十三日　阴　寒　十二月廿七日　星期三

早起,至师院授课。午后又授英语系一小时。晚归,写复各处函。阅报,今日情况甚好,各地下雪,盟机不时袭日本本土及汉口各重据点,毁其军事建筑云云,如果非虚,岂非快事耶。梦闲今晚归宿。

十四日　阴　寒甚　十二月廿八日　星期四

晏起。饭后至土桥坝发信、买零件。至图书馆,至省府探阅各事归。晚饭后以天寒指僵早寝,转钟二时闻雨声。

十五日　阴寒　小雨　微雪　十二月廿九日　星期五

十时起,食面一大碗,至师院问各事。午后便至县志馆一谈，三时归。饭后拟作刘晓庶之尊人碑文。

十六日　阴寒　十二月卅日　星期六

晏起。师院学生韩镇东来谈半时去。午饭外出至土桥坝买零物，四时半归。晚写复孙寿山等函五件。

十七日　阴　晚晴　十二月卅一日　星期日

早起。饭后至洗爵溪寄庐，带同定生至各处游览，午后四时回寓。晚饭后补写各处未复之函，十一时寝。

十八日　晴　中华民国三十四年元月一日　星期一

早起。饭后至洗爵溪新庐，因今日约任开玉到此吃饭也。开玉明日回郧县，托带《偶忆集》《西迁吟草》《词钞》《文钞》各一册，候至傍晚彼方到，幸今日未约人陪，晚七时半散去。今日新元旦，天气可喜也。九时至凤嘈馆中谈一时许归，宿新庐，寒甚。今日师院有聚餐演戏之举，予未去。

十九日　阴　元月二日

早起。十时至土桥坝，进城访黎子玉、佘子祥，遇陶季贤立谈数语。午后回寓，今日行路多，疲甚早寝。

二十日　阴　晚小雨　元月三日　星期三

早起。饭后至省府，遇高先生谈数语，便至土桥坝购物，便过包寓。午后三时回寓。新年以来无所见，无新闻，战事亦无特殊情形，主席返施亦无所表示政见。阅报所载文字滞目而已。

廿一日　阴　寒甚　雨　元月四日　星期四

早起。午后往省府买油盐，□仆愚甚，诸事必人引道不可。午后归，闻师院已上课，泄泄沓沓，将来新院长到院如何整理耶。用教育部许多金钱，徒令学生荒废时日，则陈、叶之罪也。

廿二日　阴　元月五日　星期五

早起。午后到院授课，四时半回寓。晚复各处函，写字条二件，不得意，久未作书，生疏多矣。

廿三日　阴　早寒甚有风　午后微雪　今日小寒节　元月六日　星期六

早起，至院授课。十一时就赵子香处午餐。午后二时半院中开教授会议,解决数事。午后五时方回寓,馁甚,食之过饱又胀甚,老境也。晚补写日记,九时寝。今日目力似稍好,上月准备学生功课。十一时尚看小字,而课本纸劣,印刷又模糊,致予目几废,且不能久瞪也。

廿四日　阴雨奇冷　夜十一时闻大雪子声数次　元月七日　星期日

早起。饭后以天冷小雨路滑未外出,在室中亦未作事。昨七时因楼上风大,且虑猫外逃也,以箪置楼门口覆之。凳小,予立足未稳堕地上,左手及右足均跌伤,痛甚,乃取三七嚼细咒酒诊之。八时遂寝,转钟后觉左腕痛甚,不灵便。闻雪子声甚厉,旋睡熟,梦先父母俱在鄂城旧宅,予请先君买肉归。记壬子癸丑间,先君每日亲入肆购鱼肉也。予又向先母问曩日存款,则云在妆台下第二小盒中,取视则钞洋无有,仅存小银元廿馀枚。又梦先姊亦居室中。噫,此半年间未梦亲人,今夕跌伤腕足,呼父母而父母至矣,奈之何世有不孝之人哉。

民国三十三年（1944年）　十一月

廿五日　雪　平地盈三寸　高山上似已盈尺矣　奇冷　元月八日　星期一

十时起。寒甚，饮酒以三七粉冲之，冀跌伤早愈也。午后刘绍湘来，许以明日来取荐信去，此人机会不好，荐警局、保安处俱无效。

廿六日　阴　奇冷　元月九日　星期二

十时起。饭后寒甚，未出门。连日报载美军胜利，且可在吕宋登陆矣。太平洋大战，日美优劣不久必可判定矣。

廿七日　阴寒　元月十日　星期三

九时起。十时饭毕，至省府换油米条子等事，至土桥坝购零物。晚十时写信二件,十一时寝。补写日记误列前后,此廿七日事也。

廿八日　阴　寒甚　微雪　元月十一日　星期四

九时起。张笃周派人来请予,见红笺首座沈碧舫,共十人,大约其家有喜事。午后二时访李受多,便托其带诗词、文稿各一份至渝交邓实与徐若霖者,在其寓谈半时出。至曲水洞笃周宅,乃知其兄干青生日也。干青年龄小于予而衰象过之。同席者凤嘈、斗山、聘卿、豫生共八人,晚七时席散,回洗爵溪庐宿,今夕更寒。

廿九日　阴寒　元月十二日　星期五

早起。早点后匆匆入城,至锦文笔店略坐谈。十时至东门民享社,为本县青年学生从军送行。同乡会先有馀款数千元,就以请同邑从军学生及各机构挑选职员共十八人。十二时人数到齐,由予与子祥、紫玉三人略作慰勉语。午后二时毕，同拍一照以为纪念。四时回寓，今日走路多，疲甚。

三十日　阴寒　元月十三日　星期六

早起，至院授课。午后与舒连景、包贡九谈各事。取薪不得，院中诸事纷乱，无人负责，汪奠基未到，再过一星期，予逆料其不成景象也。费国家如许金钱，所得效果如此。陈友松、叶叔良两人实造成此现象。噫，此真所谓误人子弟者也。傍晚梦闲归宿。

腊月

初一日 阴寒 元月十四日 星期日

早起。饭后至杨光第寓中晤及朱裕璧,便托各事。至医学院问任琦瑛近状,据称病尚未大愈,其父已寄款来此不少矣,如此住大学六年毕业,不知需钱若干矣。遇陈雨樵与谈各事,便至贡九寓商之,值其出,留字出,与陈分手,予回寓。

初二日 晴 寒 午后四时有情报 元月十五日 星期一

九时起,倦甚,足软未出门,午后二时贡九来谈各事,谓不聚餐且看省府对参顾诸人如何办法。附来陶季贤一函，令予莫名究竟也。贺常、梅先霖来谈半时去。今日有情报一次，我机停此者俱飞渝矣。

初三日　大霜　晴寒　元月十六日　星期二

早起。早点后到省府、包宅，转至高运筹寓中吃饭。午后到师院晤刘亦农、艾毓英等，取得藤椅一把，此冯子恭任职总务时久索不得者也。天下事强者为王，弱者彼轻视之。新来教授均有椅子二把，予教课三年矣，久存客气，其奈办总务人多势利之徒耶。闻汪奠基今晚到施，毓英已派各级级长去城欢迎云。回寓后早寝。

初四日　大霜　晴寒　元月十七日　星期三

晏起。昨睡早致展转难成一寐。十一时饭毕。午后室中寒甚，室外阳光大，时时出门曝之，写信二件，为学生改文十篇。十二时寝。

初五日　晴　元月十八日　星期四

晏起。饭后写信二件。至省府、土桥坝等处购物，至县志馆略坐。午后三时回寓，晚寒，为师范学生改文六篇。十一时寝。

初六日　阴寒　元月十九日　星期五

早起，清理各事。饭后为学生改文至晚，十四篇不费力，仅改少数，加圈点者仅六篇耳。十一时寝。

初七日　阴晴不定　寒　元月二十日　星期六

早起。至省府，至供应处买柴炭，取条子出，带同老陈挑米。至省立医院，至杨光第寓中略谈。今日行路多，足已疲矣。午后三时回寓，晚饭后为师院学生改文十篇，颇费力，盖须改窜三分之二也。白话文女生为多，平铺直写，俗不可耐，几几千篇一律滥调，阅之刺目，欲改欤，则近时风气，白话文俱如此作法，实不能何者为优何者为劣也，圈点而已。胡适、周作人辈倡之于先，然当时为文尚有曲折，或夹以新意，流毒至今。学白话文者，真吾乡谚语"数萝卜下窖"而已。年羹尧曰："不敬先生天诛地灭，误人子弟男盗女娼。"吾国自五四运动以后，白话文由北京各大学提倡之。现时教育部对各省大学，须给国文课程专选古奥之文言文，矫之过甚，仍有流弊。噫，胡、周诸人将来其入地狱乎。

初八日 阴寒 元月廿一日 星期日

晏起。十一时正饭间舒连景来，留便餐，谈师院事，汪奠基尚未到院，三长人选尚未定云云。江炳灵来谈甚久去。午后五时为学生改文十馀篇，至晚十时乃毕。另书分数册志之，至十二时寝。

初九日　雨阴寒　午后下雪子一次　元月廿二日　星期一

早起,命老程买物,取盐。取考试纸写信二件,致石信嘉与佘子祥也。近四日未出门。予以足力不健,身体近日亦不适。明日学院大考,清理试卷,十一时寝。

初十日　阴　时有微雨　元月廿三日　星期二

早起。十一时至师院考学生期考。闻上午学生食稀饭,新院长汪奠基不给款,又见艾毓英布告各事,此中情形一望而知,以后院事恐要闹大乱矣。下午四时回寓。

十一日　阴寒　微雨时作　元月廿四日　星期三

早起。饭后到城内,途行与熊洗铭遇,正谈话间纪廷

民国三十三年（1944年）　腊月

藻坐轿经过，下轿与予说师范学院事，有调和汪、艾意见意，予厌闻之。与熊急走到城内，晤子祥谈片刻，买杂物并六味地黄丸。归途迭遇学生并艾、卢诸人，闻师范事极复杂。噫，如此好机会，汪真不善处矣。

十二日　阴寒　微雨数次　元月廿五日　星期四

早起。饭毕，带同程仆往省府买油盐并购谷米等等，嘱其归。正午予往参议会回看杨必如，彼来予寓廿馀日，尚未回看。便阅其借周季霓琴，予试弹之，手生涩而曲已忘记过半矣。此琴音甚清脆，二面均有牛毛断纹。回思予之藏琴，倭寇东侵武昌及鄂城住，共失去好琴四张，其中一张潞王琴，为予所甚爱者，不知落于倭寇或流氓之手。今日周琴之音颇与予琴相似也。下午五时半回寓，已昏黑矣。在会中相见者沈碧舫、贺宾王、周菊坡、潘龙霖、段鸿轩，均以师院事相问讯，均太息汪奠基不善处此好环境也。

十三日　阴寒　微雨时作　元月廿六日　星期五

早起。饭后至师院问及本月份薪津，毫无消息。聪明者早已借支或透支矣。予辈愚笨者七八人，竟一元未借，盖平素以君子之心度人也。晤舒峻山、赵子香、艾毓英得悉，汪、艾意见不甚简单，各系主任谒汪已二次，艾与汪接谈六七次，汪竟未到院回看，并不派与院中诸人答覆。据说骄矜自大殊甚，逆料以后无好结果矣，可为一叹。下午四时回寓，八时写红腊笺小长条，补高荷轩续弦时贺礼。彼既送柬帖，不能不应酬，题文五行颇有趣。世势变态多，予亦从俗，翻新花样而已。

十四日　晴　元月廿七日　星期六

早起，食面一大碗。十一时至县志馆，十二时王茂先请午餐，同席者县志馆诸君，外客仅春霆、笃周、毓华三位。午后一时至省府理发、理容。闻阳历十二月尚有加发底薪一月，所谓节赏者，以前并未一次发，事后又未通知，二科负责人殊为可恶。今日借得民元五月出版之《革命实见记》，证以予所拟之《历变记》。辛亥八月十九日夜，工程营放枪确有程镇瀛，而党史史料及胡玉斋所引者，必曰熊秉坤使其部下程定国，究竟程定国何人耶？

十五日　阴晴　寒　元月廿八日　星期日

九时起。十时为任开伦、开玉作画，率尔操觚，纸粗涩，勉强成兰石二幅。午后外出一次。晚阅《古文观止》五六篇，欧阳公《送李寔①序》，深明琴理，知公当日学琴迟，明琴理，说之透辟。幼时未读此篇，是以忽略耳。

十六日　阴寒　元月廿九日　星期一

早起。饭后至省府取信数件归。晚阅古文十篇，作刘

---

① 李寔，当为"杨寔"。

晓庶之尊人碑文，屡作屡辍，不能生出意境，奈何。今日为先君忌日，父殁卅年矣，伤哉。

十七日　阴寒　元月卅日　星期二

早起。饭后至县志馆略坐。午前二时师院开第一次会议，汪院长所召集也，各教授、讲师均到，说话甚长，无非索欠薪、催发元月份薪及改良院事而已。午后馁甚，匆匆归。晚阅杂书，十一时寝。

十八日　阴　元月卅一日　星期三

早起。饭后写信四件，为窦衡之汇款三千一百七十元至万县，始觉邮汇费尚有六十元未开列。午后三时归，阅张难先作《辛亥革命知之记》初稿。此老近蕲，文笔修洁，摹仿古人，胜于胡玉斋所编之《六十谈往》，本来张之文笔优于胡也。科举时代沔阳州为大邑，不易入学，故张终未取得附生资格。嘉鱼，小邑也，非文风不甚劣，玉斋自述仅应试一次，后则投入营当新兵，故旧学较差耳。

十九日　阴　二月一日　星期四

早起。饭后至省府探问各事，午后归。今日阅报，盟军胜利。太平、吕宋大部登陆。东京、名古屋等处迭遭轰炸。日人前三年施之中国者今日躬自受之，且较彼炸中国之惨数倍。乌呼，孰谓天道不好环哉，闻苏联攻德国快到柏林矣。

二十日　阴寒　子正闻下小雪声　北风甚紧　二月二日　星期五

早起。今日接万县函，张文庆称已汇款，由农民银行寄予，尚未之见也。晚阅古文，似领略有味。唯年近六十，已不记忆。予壮年厄于环境未多读古文。中年从政，荒废甚久，思之赧然耳。

廿一日　早大雪　正午止　放晴　阳光甚烈　四时以后阴寒甚　二月三日　星期六

九时起。寒甚，大雪纷飞，平地约厚二寸。十一时半天忽放晴。日光颇烈，积雪化水，真天心之不可测也。至师范开教授会议，取得元月份薪津，系以九折发放者，不知何意。今日会议艾毓英来出席，大约已与汪奠基说妥矣。五时寒甚，予未终席即归。晚阅《革命实见记》，摘抄要点，此事予于民元四月间能悉记。今日乃抄，勿乃笨拙耶。十一时寝，展转不寐。

廿二日　阴寒　结冰　今日立春　二月四日　星期日

八时起。十一时任开伦来，留便饭，以画付之去。晚阅杂书，又阅《史记》数篇，恽子居文中所指为屈原、伯夷两列传不能增减一字者，因检出读之。

民国三十三年（1944年）　腊月

廿三日　阴　小雨　寒　二月五日　星期一

早起。饭后至店子坪、省政府，午后归。今日报载俄人攻入德境，且距柏林不远矣。吾国境内江西赣州一带敌已侵入，我军未能抵抗，逃走而已。

廿四日　阴　微雪　寒甚　二月六日　星期二

早起。饭后至府探听各事。至师院索欠款无结果，午后归，寒甚。昨天梦闲归宿，予嘱其明日往看王伯母，已备猪肉、糖果等件。晚寝失眠。

廿五日　阴　微雪　寒甚　二月七日　星期三

早起。饭后至府补取二月份借薪，五千元付价与冯挽澜，请其代买猪肉、猪油等件。归时，天已暮矣。报载敌人已得赣州等处,晚寝不成寐。

廿六日　阴　雪　寒甚　二月八日　星期四

早起。饭后与茂先、志纯往师院催索薪津,午后归。晚写复各处函七件,连夕寝不成寐。心中并无不安之事,身体衰弱之象也。

廿七日　雪　寒甚　晚大雪纷飞　二月九日　星期五

早起。饭后往洗爵溪约茂先、志纯等同往师院,催发欠薪,恐一时难成,因写算人不愿去,已支过借过薪津之教授不努力追索,据李鼎辅云,其中大有原因。予鞋已湿,雪大,遂先回。在洗爵溪寓嘱刘仆取伞及皮鞋乃回寓,已天黑矣。饭后甚寒,七时大雪盈五寸矣。

廿八日　微雪　奇寒　十时又大雪　二月十日　星期六

早起。今晨未能往师院，写信与茂先、志纯，另写条要求开教授会议。午后梦闲带同定生回寓，云教院各事，已过岁阑，教职员薪津均不发放。叶叔良贻害全院师生，而汪奠基又视为非彼任事，互相推诿，负责之艾、刘亦避而不见。孟子所谓无恻隐之心非人，无羞恶之心非人，盖为此辈人而发也。晚饭未食饱，九时食面一盂。睡后极不适，鸡鸣时腹胀雷鸣，又受寒□寒起，大泄一次，天曙时似睡熟一刻钟。

廿九日　晴　寒　二月十一日　星期日

早起。命程仆至府取信件，十时其弟来约其回家，予赠以二百元并袜、筷、火柴等等，约值二百元，嘱其明年早来。午饭后检室中各物,清理书籍,布置桌上诸①,补缀楼板壁上诸纸,头为之晕,约五小时乃毕。韩英华送橘子来,说话甚长,留其饭,彼又坚不可,乃去矣。连日战况如何,未阅报不知之。施南机场飞机出发二次,不知往何地助战也。晚寒甚。

三十日　大雪　奇寒　二月十二日　星期一

早起。大雪纷飞,天气又转寒冷。十时半,因师院未发款,予往王茂先处探问。十二时半写函嘱有材持往问艾毓英,予遂带同定生回寓。四时半略具酒肴祀祖先,仅表仪式而已。西迁以来,此为第七除夕,"抗战胜利"四字年年存于心而喧于耳。美对倭虽云胜利,占吕宋后而舰队尚未进至小笠群岛以逼东京、台湾犹进攻,胜利尚不知何日。至于吾国,倭又进据赣州一带,内地未沦陷者相继沦陷。苏俄与盟军协攻希特勒,距柏林不远之报已一星期矣,尚未见柏林攻下,何也?国运、天心、人力三者相

① 诸,后疑有脱漏。

民国三十三年（1944年） 腊月

关，吾国所希望之胜利，美国也。人力全无，仅持天心、国运耳。晚间借来曹亚伯所著《革命真史》一部，其自述说理甚详，似不偏倚，民国十九年三月中华书局为之出版。其年十月予在安庆各书肆中见有售者。其子文锡以一部借予阅之，次年即为民国政府严禁出版，盖叙事多有过火之处。其实真事实即天下之公论，何必禁之。噫，紫阳直笔难存于后世，天下谁有真是非哉。阅竟廿十馀页，已十二时矣。转钟一时寝，梦闲及定生、家人等俱已早寝，予上床后展转不寐者一时馀。睡熟梦避飞机于大庙中，未几，空战甚烈，予出视天空，不知惧也，又见包贡九、夏秋舫等，极离奇复杂。

民国三十四年
（1945年）

乙酉年正月小建戊寅
初一日癸丑木觜闭元旦
积雪满山，枝头小鸟时时鸣春而已。

予读朱子书，观其上孝宗诸封事，及与陈同甫往复书，力持□天人之界、王伯义利之辨，每为之愀然变容，洒然易虑，旷然发蒙覆而跻千仞之上也。乌乎，古今之变，生死之故，不可胜穷。然而天地则有位矣，日月则有度矣，星辰则有行矣。是理也确乎其不可变者也，浩乎其无际者也，先圣后圣其揆一也。予尝读《论语》而得之曰，自古皆有死，民无信不立。一言而天人之几决矣。孟子述孔者也，曰行一不义，杀一不辜而得天下，不为也。一言而王伯义利之辨明矣。彭尺木读《朱子语》、恽子居与舒白香书云然，于近世文人病痛，多能言之。其最粗者如袁中郎等，乃卑薄派，聪明交游客能之。徐文长等乃琐异派，风狂才子能之。艾千子等乃描摹派，占毕小儒能之。侯朝宗、魏叔子进乎此矣，然抢掯气重。归熙甫、汪苕文、方灵皋进乎此矣，然袍袖气重。能捭脱此数家，则掉臂游行，另有蹊径，亦不妨仍落此数家。不染习气者，入习气亦不染。即禅宗入魔法也。
乙酉正月朔日上午十时开笔后录此。
　　　　　　　　　　　峙山山人朱继昌

正月

初一日　阴　寒甚　午后四时见阳光　晚见星斗　二月十三日　星期二　癸丑木觜闭

　　九时起。早点后朱贤守、朱翰昆、贺佰民等先后来拜年,谈甚久去,午后同居、林、周诸人来,坐未久去。研墨开笔,写朱笺数十行。定儿亦用红笺写,开笔十馀字,写诗一首,抄恽子居文二篇。去年元旦有试笔诗一律,又作画一帧,今年无此兴趣。晚阅亚伯所著《真史》,信乎有可传者。十一时寝。

初二日　晨四时又大雪　午后时时飞雪时见阳光晚微雪寒甚　二月十四日　星期三

　　八时起。瓦上地上大雪盈三寸,知昨夕转钟后又下雪矣。早点后姜伯周、舒峻山、刘荣焌、柳东川、余程鹏先后来拜年，谈甚久去，留峻山在此午餐。晚甚寒，饭后阅杂书，记昨夕之梦，更奇离可笑，逃警报、在某宅吃酒二事尚忆及之，精神衰弱如此。今日龙诗樵、李亚东、王继武均来拜年。

初三日　雪　寒甚　晚见星斗　二月十五日　星期四

九时起。包贡九来坐谈半时即去。饭后万隆焜自邮局来，携有腊鱼四尾，又五峰玉露茶一斤，物佳价昂。吾不知其去腊底自五峰调施也。别已五年，又见晤于此，快慰之至。此生甚讲旧道德，不忘师弟之礼，前四年迭寄银鱼、墨鱼等物并一次汇款寄予。予尚无以报之，留便饭。姜昌培来此与同饮，五时方别去。今日边清辰、邱正文、张闳基三生来拜年，亦坐甚久去。晚间至王继武寓中坐谈二小时乃归。今夕子正，先祖母忌日也，寓中未能举行，忆往事怆然。

初四日　晴　二月十六日　星期五

早起。饭后杨時来拜年，谈谋调工作。任开伦、琦瑛同来。晚间阅曹著革命史，其取材丰富，其事实有外人所未知者，其他记辛亥事，予所未知者甚多，如段子衡日记，述其于日知会案入狱及转狱之事甚详，予摘要抄之。至十一时寝。

初五日　阴晴　寒　二月十七日　星期六

早起。饭后与梦闲带同定生至温泉沟王伯彦家看王伯母，年八十一矣。去冬屡言去而未去者，在其寓吃饭耽搁甚久。翻山至清鱼潭李小波、陈国苣寓晚餐。以时间促，陈、李坚留予宿。汪敬五来云，明日徐惠轩必到其家，有许多语相闻者。惠轩七年未晤，予须与见面也。晚宿国苣寓，梦闲、定生宿小波寓，扰扰半夜，未能安枕。

民国三十四年(1945年) 正月

初六日 阴寒 二月十八日 星期日

六时半即起,陈宅早点。十一时便访纪廷藻。遇郑君,云郑子玉尚存,教书年得四万元,有馀积,戴泳森尚存,困苦甚。午后一时汪敬五约过其寓,与徐惠轩见面,并晤其戚熊某、韩仲祁亦在座,食面一盂。其寓今日延客,因久候汪奠基不能开席。予以天色恐晚,与梦闲决意回寓。便过万隆焜住宅,未晤匆匆行,回寓已黄昏矣。足疲气喘,晚后小睡一时再起,补写日记。今日遇陈豫生,谓张春霆先生明日下午一时请予及师院同仁便饭云云。

初七日 阴寒 时有小雨 二月十九日 星期一

早起。来客数次。饭后清理案上各件。连日招待来此拜年及坐谈者,真觉麻烦,客居于此,百事不便。连日欲看书则目倦思卧矣。正午往张先生寓,商议担任功课诸事,约一时。午后开席,酒肴精美,同席舒峻山、贡九、翔凤、豫生、先正、公量、启钧诸人。午后二时回寓。

初八日　阴寒　二月二十日　星期二

早起。饭后清理各事。午后至省府、民厅、土桥坝、店子坪等处，答拜曾来拜年诸人，此真无聊之事。予今年初七以前并未至府，刘、王诸人更不便与往还，既非彼等所辖，不得自贬为属员地位，闻尚有过于自贬者，为王、刘拜年也。晚阅杂书，十一时寝。

初九日　阴寒　二月廿一日　星期三

晏起。午后外出一次，以室中郁郁难过，而天气未晴一日，如此气候真非吾辈所宜，殆朱子所谓晦盲否塞者也。晚十一时寝。

民国三十四年（1945年）　正月

初十日　阴　二月廿二日　星期四

早起，写复各处函件。胡文卿汇来之三千元亦取回，此人尚有良心，以视邓实辈，似尚对予过得去矣。去腊底，张文庆汇一千元与予吃肉，文卿亦如此说。胡为同姓，张为外姓。以视抚养成人，饮食、教诲四十年，为之授室，如外甥艾厚训其人者，不知何以尚生存于天地间也。

十一日　阴寒　二月廿三日　星期五

早起。饭后外出一次。今日来客数次。午后写信复各处。连日客来，自己外出，一旬内并未看书写字，纷纷扰扰，奈之何哉。抗战七年矣，近一旬间阅报，似美国可胜倭欤。然观其最后可也。晚疲甚，早寝。

十二日　阴　时有小雨　午后四时转晴　晚见月光　二月廿四日　星期六

早起。饭后往无线电台访边清辰未遇。至军管区晤喻建章谈半时,为宋济贤证明书事也。午后回寓,准备明日请三一学生陈国芑等六人,因前在陈、李处厚扰一日,须还席也。阅报美军迭有胜利,对日本已处处进逼矣。晚间屡欲提笔,为刘晓庶之尊人作碑文,以倦中止。

十三日　晴燥　晚有月色　二月廿五日　星期日

早起。昨日准备菜肴,俱以办好,候有才来取。予往贡九寓,以春霆先生昨日语告之,彼极不快,谈片刻,即往肖峰处,约其明日与泮香、砥中同到新寓。匆匆回洗爵溪,午后一时,九径、晓波、永喜、兆麟、敬五、国芑因事不能到,徐惠轩、隆煜到后即开席。今日仅惠轩为外客,馀皆学生也。酒肴甚丰,主宾亦尽欢而散。傍晚间玩龙灯者甚多,乡民无知,流氓借此敛财,有何可乐耶。八时至志纯、豫生处坐谈。十时寝。

十四日 晴燥 晚月色佳 二十六日 星期一

早起,回寓清捡酒菇及杂物,自带洗爵溪寓。韩镇东来谈半时,与同出到寓,而泮香、肖峰两同学已先至矣。嘱梦闲即备数肴,加火赶办诸菜。谭君讷、张春霆先生已来,蒋立庵、高运筹及志纯、豫生俱至。午后一时半开席,石砥中以疮疾不能行,未至,三时半席散。今日菜多,已够吃。四时往府取得四函,便至包贡九寓回信,彼已至江汉子矣,候半时与详谈各事回寓。今日天燥,目朦头疼,行路又多,疲甚早寝。

十五日 晴燥 晚昙无月 二十七日 星期二

早起。今日计画办理各事,而早饭竟自炊,令人心烦。十一时带同定生往府探问各事,后至包宅,与贡九说师范学院事，其中曲折多，彼似怄气，予劝之。彼好胜而多疑，前去两年，予曾与说各事，彼竟不信，真讳疾忌医者。阅报盟军胜利，倭京受创。昨日盟机一千六百架炸东京，报纸向来铺张，或许有五六百架炸东京，未可知也。然昔之日寇施于吾华者，今日美国酬之于彼，其惨状或较吾国从前所受者尤有过之，孰谓天道不好环哉。傍晚方归，饭后疲甚，小睡一时许。十时再寝，天气骤热似有雨。

十六日　早七时小雨　九时大雨如注　闻雷声　二月廿八日　星期三

夜过子，梦闲刺刺不休，予恨之。四时遂起，大骂之。自烧水洗面，吃饭毕，欲往城内再往杨心如处。行半里，大雨已来，至省府附近，大雨如注，衣履俱湿，幸有伞，惟着长袍不易行耳。在府与高、王、刘、丁诸人谈甚久，命仆归取钉鞋。予至包贡九寓，遇师院学生七人在包宅，彼坚留予共饮，此时雷雨大作，又不能往他处，饮酒多，头晕甚。贡九与学生说话多重复，予劝止者再。学生均成人，听话、懂情理。噫，天下事不能就一己臆断也。三时雨止，归后即寝。六时再起，自炊食饱。看书一时许寝，夜已过子矣。

十七日　早大雾　闻雷声三次　午后小雨　三月一日　星期四

七时起。大雾，室内外湿气极重。午后写信四件。晚写复李范一、孟啸鹤等函，至十一时寝。

十八日　雨　三月二日　星期五

早起。饭毕已十时，带同迟生至省府取油盐，便打各处电话。午后至饶校文处未晤，与述吾说以公宴饶聘卿事，访陶季贤亦说此事，未晤，留字出。回至省府电话约韩英华，告以所托诸事也。

十九日　阴　三月三日　星期六

早起。饭后至府。正午至师院先晤张先生及豫生、贡九、志纯。午后二时开教授会议约二小时，各系功课变更，国文钟点不相连。予与注册组争论颇怄气，嗣尹聘伊、李先正均谓部章大学国文钟点不得相连，盖附和注册组为有理由也。予索取部章阅，则彼二人语塞。噫，人情势利如此哉。五时归。

二十日　雨　晚寒　夜转钟闻雨声大作　三月四日　星期日

九时起。韩英华来，又述彼之琐碎事不休。陈庆复来，因便留饭。午后四时半曹德修、袁浩然同来谈甚久，并答复韩英华事也。韩年老，性琐碎，不为人所喜。

民国三十四年（1945年）　正月

廿一日　雨　三月五日　星期一

九时起。饭毕，十时至院上课。路滑风寒，初次上课不能不冒寒前往，冀新院长必有一番振作或刷新也。至则休息室已迁至九教室隔壁破屋中，仅包贡九一人在此，予与谈片刻。寒甚。破室中除一长凳一桌外，馀无他物，所谓功课表、茶水、粉条俱无之。嘻，异哉。坐一刻钟，乃一工役至，持来小钟相示，已十一时半。盖催予等回去，谓无学生不上课也。予乃至办公厅会汪奠基问数事，彼当面答复，尚无模棱语，予疑信参半，盖虑其变也。遂与包君同出，途遇至纯，立谈数语。归寓寒甚，晚饭后早寝。

廿二日　雨　寒　三月六日　星期二

早起。饭后韩英华来谈片刻去。予至院授课，途中闻下午吹号声，自视时计，尚差一点钟。到堂后，学生仅十馀人，黑版倒置未挂，疲癃残疾之状难看，与学生谈半时许归。途中细思,不知师院何以糟至此也。过县志馆,回志纯一信。四时半归,晚阅唐诗十馀首。

廿三日　晴　三月七日　星期三

早起。写信二件寄胡森等。正午往师院授课,十三教室地污秽,学生寥寥,黑板仍未挂起。据学生云,总务推训道处,无人购悬之,开课三日仍如此,宁非怪事。噫,谁之责欤。四时回寓,晚阅曹编《革命记》,多真实材料,可钦佩也。明日拟不上课。

廿四日　晴　三月八日　星期四

早起。天晴,人意稍慰。饭后往教育厅,晤辜南杰、张传道、金□仲三人谈甚久,三人皆予己未在武昌师范中学同时教课者也。张、金系新来,与谈话较多。便遇张翩,欲予仍为之上山清书,予拒绝之。便晤钱云阶,似与渠住党训时貌不像,谈片刻归。今日买得柴炭票,归时已黄昏矣。

廿五日　晴　三月九日　星期五

早起。饭后清理各事。十一时至县志馆，闻建始刘石逸之侄媳已来施，未与予晤。便访沈碧舫谈片刻，师院情形太坏，似难望振作矣。省参议会驱走叶叔良，未来希望如此，则非沈、胡、周等所逆料也。傍晚归，杜子敬来谈甚久去。欲秉笔为文，以心绪烦乱中止，乃静坐默思，连日言语，均系与小人争气，虽胜不武，有何益处，以后宜戒之，宜重戒之。年近六旬，西迁以来，四年前日困于公牍，兼以七事之累，无时不在愁窘中，近三年稍安矣，何用怄气为？假使今春盟军大胜，夏间倭寇东逃，予回武汉，尚不失为小康之家，教子读书以娱晚景，补过中著稗史记，辛亥以后迄寇灭止，宪政清明，则予之职志也。十一时半寝。

廿六日　阴寒　三月十日　星期六

九时起，疲倦殊甚，足软异常，老象也。昨梦闲回寓，今晨返庐，云建始刘石逸送物带信来，予嘱其返庐办早餐也。十时天沉暗欲雨，湿气已生室中，此次竟连晴三天矣。予到施后身体大不如前，从前居宜昌，虽在深山，与此地景况殊异，晴雨仅稍异于鄂东，此地真所谓天无三日晴，地无三尺平者，不知清代同、光间何以亦出文人名宦也。午后阅《辛亥革命记》，曹叙事最详，彼尔时未在鄂，不知其编书时何以得材料之丰也。前年闻张难先云，彼之材料必系吴兆麟后来撷拾以给者，不然何以如此之详耶。二时半乔淑子来谈半时去。晚仍阅曹编之书，明日须还志纯，符前言也。寝后鼠多，嚼物声可厌，难成寐。

廿七日　阴寒　夜小雨　三月十一日　星期日

早起，补抄辛亥起义时各重要事实。韩英华来，似又欲言，予托词拒之。十一时至洗爵溪寓，请顾女士吃饭，得晓庶函，并赠予阴米五斤，火腿一只，其母之碑文尚未做起，殊可愧也。石逸亦带腊腿一只，茶叶一斤。午后一时半至笃周家，为饶聘卿饯行。前日以六百元份金交笃周办素菜，予与沈碧舫七人为之倡，开席时则有四桌，因陈康民外客又添三桌，公饯也。聘卿为人好，故为饯者多其人，虽世家而无官僚恶习也。六时归寓。

廿八日　阴　夜雨　三月十二日　星期一

早起。饭后清理书案，两桌中旧纸换去，重新裱糊一过。将各书整理一次，头为之晕。午后崔冠侯来谈甚久，约予明日再至铁厂清理图书馆书籍，谓系周杰嘱其来商者，予拒绝之。四时送之出，便至土桥坝，途遇周杰，仍琐碎述清书事，予峻词拒绝。至贡九寓谈片刻即归，天已黑矣。

廿九日　阴　晚小雨　三月十三日　星期二

四时醒，展转不寐，遂起挑灯写三信，分指致季明、文卿、智仙，嘱带各物也。天明吃饭毕，拟至师范告知绍湘各事，忽心烦头晕，遂脱去皮袍，仍盖被，卧即睡熟，约一时许起。老程携归三函：一、广纬答予问各事；二、易泮香谓予交条吴升堂保留胡森事；三、函得知刘菊坡于年冬月廿三日在渝病故，何雪竹、孔文轩等十六人为之发起追悼会也。五年来迭闻菊坡到渝数年，神经受刺激甚深，始则其爱女死，继正妻范氏亡，再则其妾席卷诸物而逃，后又与其仆在渝市正式结婚。前年王哲自渝归，述仆结婚时尚要菊坡证婚，如此焉得不魔且疯哉。去冬李受多返施述各事，亦可怜矣。菊坡四为鲁、皖省府秘书长，三为皖民政厅长，一为司法厅长，回鄂后曾为第三区专员，驻蕲春时，予两过其署。彼自清光绪丙午与予同学，继则称莫逆交。湖堂张肖鹄与予同室，菊坡由义斋半年，又拨入仁斋两月，因排周、王两校监被除名，在秘密革命时负盛名，不能说于党国无功也。徒以态度近轻浮，待友亦欠

民国三十四年（1945年） 正月

诚实是其所短。噫，今竟以神经错乱而死，诚可惜也。菊坡生光绪癸未九月十四日，其生辰在鄂、在皖予曾被邀欢聚，具载乙丑、庚午两年日记中，查其年仅六十二岁。其子振群在渝任国防前高会议秘书，容当作函唁之，附来素笺一页，大约嘱予为挽章者。晚雨又作，室内湿气大起，转入春季颇难受矣。此月廿九日，仅晴八天，阴九天，馀为雨雪。

二月

初一日　阴　小雨　三月十四日　星期三

早起，清理书案，贺伯名来谈种圃事，留便饭去。孔子所谓吾不如老圃者，今则以学圃为急图矣。午后一时张昊、陈同庚、朱荣照、韩镇东、李卓然先后来，系予函约其商组织艺术研究会事也。去秋迭与张承祯、乔淑子言之，师院予住室中整理清洁，自刷粉墙者，为悬书画等件也。李卓然则为阅予日记而来，李自云彼亦日记，因日前彼来寓，值予出，惧失信，今特约之。乔淑子于饭竣时方到，另嘱家人具食。商议简章起草，并开各系能诗书画者数人书之，谈笑至晚方散去。九时阅杂书，十一时寝，夜梦包贡九，似与闲谈者。

民国三十四年（1945年）　二月

初二日　阴　小雨　晚大雨达旦　三月十五日　星期四

早起，疲倦甚。足软未出门，且泥滑难行也。今日原欲送函请黄仲恂盖印，只好命仆送往。晚阅《清文钞》摘三首，明日送府印之，发给英语系、国文系学生，此等文明洁易学，不知教部所颁对大学何以选诸不适用、不合程度之文也。十一时寝，梦曾振瀛及眷居孔庙内破庐中。

初三日　阴　午后三时似有阳光　三月十六日　星期五

早起。饭后赵雨泉来送羊猪腿各一小只，留之午餐去。今日田姓在予寓前百步搭一台，演施南剧三出，闻花去万馀元。此地老百姓发国难财者不止田、张二家已也，田今春赢宝十馀万元，去岁坐获桃子、菜园之利卅馀万元，近三年来已成富户矣。公务员穷如乞丐。吁，抗战七年，富者若干，当局如不设法救济，恐公务员之程度愈低，人格愈堕落。省府西迁后二年，勤务升办事员，司事者仅百分之十,近两年间司事升科员、股长,勤务升科员者已十分之一,彼等为避兵役而来,其享权利如此,兵役焉能彻底。公务员日与若辈伍,真有难处者矣。此殆所谓平等欤?然阶级可以扯为平等,恐知识不能平等也。

初四日　阴寒　晚下雪子一阵　十二时以后大雷雨达旦
三月十七日　星期六

早起。饭后外出,因昨晚杜子敬来托,为人谈选举事也。先至杨宅候寓坐片刻,次至医学院交字画四张与任琦瑛,彼去冬所要求且谓从军时须以一套给其妹璿瑛者,送以一千元补川资,彼决计不受。至建厅访张百熙,询以沈友铭住址。至教厅,值钱云阶开会,打电话与石信嘉,谓其已在公馆,杜托事竟未得达也。至贡九寓,彼出言似不得意。至省府会各人不值,因刘荣焌正召集各员听讲。买得油盐支票以归,何时能得米兑现,则不得而知。政府当局前三年对各职员之供给尚能兑现,去春已大异,今日说话则不可靠矣,公务员之福利如是如是。

初五日　阴　寒甚　三月十八日　星期日

九时起。饭后边清辰来谈，云安临时电话事。早晨鄂南同乡会通知至民享社开会，仍刘叔模列前名，闻上次发起彼实未到，今乃为竞选国民代表事又欲一染指耶。且大雨路滑，予亦决不往城内也。晚间食饼三枚，左额又发痛，心烦不适早寝，多奇离之梦。

初六日　阴　晚大雨达旦　三月十九日　星期一

九时起，左额痛已愈。饭后至师范学院授课，到时尚早，至绍湘寓，闻陈康民圆滑甚，世事人情固如此也，亦何足怪。今日授课二次，说话吃力，归途疲劳甚。晚间参考各书，目倦至不能瞠，十一时寝。

初七日　雨　寒甚　三月二十日　星期二

早，闻雨声，欲不起，但昨对学生云今日国文系必上课，头晕甚，九时半乃起。饭后至县志馆，便约志纯同往授课。在休息室填一名字，系铨叙部、教部来文征集备用教授也。午后一时上课，三时回寓。泥滑天寒，着钉鞋极以为苦。饭后小睡一时许，再起补写日记。

初八日　阴寒　晚八时雨　自是大雨达旦　三月廿一日　星期三

八时半起。饭后带同程仆至省府买油盐、肥皂等物。访姜文山、包贡九，便至教厅晤金后仲，途遇崔冠侯、周杰。便访黄文卿、黄建中，并晤及姚忠浩，云久患失眠，吟诗之过也，一夕因作诗觅句在床上滚下，遂至中风，今医治数月，尚未大愈云云。今日行路多，足软甚，回寓竟目朦欲睡，乃强支持。饭毕与子敬通电话一次，答其所托。但今日又途遇林逸圣,所托亦与面言之矣。八时半寒风乍起,山雨又来,此境地、此气候真为吾侪所难受者,大抵鄂东、鄂南人来此居住者,除足力以行山稍健外,其馀无不多病者。参考明日上课国文各书,至十二时半寝,多杂梦。

初九日 雨终日 夜雨达旦 三月廿二日 星期四

九时起。饭后以雨中行路艰难,未到院。午后写复各处函,中有久积未复者,写至晚十一时半止,计寄鄂城洪英,阳逻周淬成,四川孟广纬、颜任光、孟迪甫、孟广瀛,昆明黄幼松、陈子谷,宣恩罗年凤、周鹏程,建始李伯华,本地陶季贤、李范一、梅先霖、尹聘伊等十五封,大约写二千字以上矣,十二时毕。寝后多杂梦。

初十日 阴寒 三月廿三日 星期五

九时起。饭后往省府,便至包宅晤贡九。午后至城内邮局晤刘九经、胡石松等。访子祥未遇。访子玉，彼时客多，皆竞选人之轿夫也。城中物价高昂，兼之施南行政大会快开，各区竞选人亦来此投票，人数大增，物价之涨宜矣。回寓晚饭后疲甚，十时参考上课各书。十一时寝，多梦。

十一日　阴寒　午后四时略见阳光　晚有月　三月廿四日　星期六

九时起。饭后至省府得悉鄂北吃紧，敌人已攻入宜城等处。鄂中荆门又遭敌击，情势危险，专员奉电来施开会已折回矣。鄂南已为共党占去，鄂东又为共党包围。据报洪湖共党已有数万，徐向前、贺龙仍为首领。吾鄂全境仅此鄂西数县无事，而竞选国民代表者仍如狂风骤雨之不可遏。噫，异哉，所谓党员，所谓政治权利而已矣。"商女不知亡国恨，隔江犹唱后庭花"，何必陈隋耶。四时半回寓，途遇陈次宗，所谈各事及近时参议会、省银行弊端百出。议会不能代表民意，仗正义说直话，反与贪污者联成一气，又批评刘菊坡生前劣点，均对症语。到寓后疲甚，饭后阅文学一类书三小时。今日午前龙诗樵派人取去字四件，画四件，去备展览会之用。予因前日已许之，不能拒之也。十二时寝。

十二日　阴　午后三时见阳光半时许　四时半雨　夜有月色　三月廿五日　星期日

八时起。贺伯名送药粉三种来，朱荣熙来，并留早饭。客去后，予带同定生至城内教育馆观所谓展览会者，与去春施南开检讨大会时太逊。一因时期促，龙诗樵对于艺术无研究，故所集不多；二因馆址地点太小，布置亦不得法，字画佳者甚少，且悬挂亦不得法。更有不善书之某某，倩人代书盖章悬之，有何意义？欲以此会博名耶，则此地人士及客居于此者无不知之，焉用冒名为哉。四时回洗爵溪，万隆焜引四教会人来奉看。李振声号鸣琴，荆门人，馀为李等，谈半时去。今日乘汽车至中正桥，自东门渡河归，疲甚。五时雨，遂同梦闲、定生回寓。饭后小睡一时再起，准备功课至十一时半寝，展转不寐。

十三日　晴　晚月色佳　三月廿六日　星期一

三时半醒，闻飞机声甚厉，自左边高空过去，不知是否敌机也。天曙欲起，以倦疲不能起，又睡至九时半方起。十时饭毕，至洗爵溪县志馆略坐。到师院上课，讲韩愈《答李翊书》。五时归，闻老河口电台已通报矣，前三日不知下落，大概敌人猛进，我军又败退矣。晚参考杂书，十一时寝，展转不寐，鼻涕横流，伤风已一日。此时天气招呼不易，今日行路出汗后受寒矣。跳蚤吮人致不成寐。今日吴羽仙送来阴米六斤。

十四日　晴　晚月色大佳　三月廿七日　星期二

三时半又闻飞机声过上空。九时半起，伤风症未愈，涕泪交流，极以为苦。予身之弱原不自今日起，惟西迁七年以气候不适，致时时染此疾，疾之发必三数日而愈，从前在武昌有时服药，今则听之而已。午后至师院授课，傍晚归。报载及予所闻者，豫南、南台等处已为敌据，鄂北自宜城失后老河口、襄阳正吃紧，而南漳之武安堰刻亦为敌攻入。各处民众闻一时疏散不及，其亡伤损失可以推测矣。今日报载美军已在琉球登陆，此本好消息，敌国受威胁吃紧矣。而吾国内地着着失败，且被敌攻入心腹，奈何。晚八时有警报，未几一机飞过高空，见红灯三，或亦我机之误会欤。九时蛙声大作，月下见桃芯已红，且快开矣。清明节近，予来此地已六度听蛙，桃花六次开放，思之怅然。

十五日　晴热　晚有月色　三月廿八日　星期三

早起。饭后至县志馆略坐，至师院坐未久即上课。自视时计，下午一时尚差三刻。院中钟点向来不准，迟早听司号者任意，而当局向来不管此事，其他类是。三时半回新寓，馁甚，小睡半时起，吃饭又似饱矣，盖先则馁而行路疲矣。五时回寓，沿途见桃花乍放，寓旁左右樱花盛开白花，夭桃开淡红花，可爱。设前星期不连雨生寒，此时桃花已谢矣。物之得运正与人生同，所谓运有迟早也。今晨闻老河口已失，鄂北行署已逃至均县之草店，南漳之武安堰已被敌占而后焚烧，河南南阳一带早为敌有，此际已陷于万分危险之状。又闻人民逃命者极紊乱，死伤尤多，盖敌来甚猛，微论人民，即军队亦逃奔不及，吁，可慨哉。

十六日　阴晴不定　晚有月色　三月廿九日　星期四

早起，至省府买米，无人负责，谓二科人员俱往干训团，准备开大会去矣。去年大会议案未执行一二，又开大会胡为者。回寓吃饭，周菊材来奉看，谈片刻，因予欲赶场，遂同出至七里坪，见肆中百物俱涨价，红糖每斤三百元，劣蓝布名中正呢者每尺三百元，鄂北紧急，商人又得增价机会。纸烟每根十元，去年城内开大会时纸烟每根佳者不及一元，今则加九倍矣。闻南漳县敌已占据，且烧杀甚。吾军之不能抵抗可知矣。写信五件，寄宋济贤证明书一件，明日均发出。十一时半寝，多梦。

十七日　晴燥　晚月色不佳　三月卅日　星期五

早起，昨睡似甚恬。饭后至省府取信件，并自往邮局送信，便晤贡九，谈数语即出。萧中荣来信，正月七日发，二月十六日到，四十天，此次尚快，亦未遭检查，内附诗四首，如检查，此函送不到矣。中荣今年廿四岁，诗有进步，中述鬓有二毛，亦可知其环境不佳也。为刘绍湘事访杨光第，问之今日鄂北消息，愈不佳，局势可危。晚十一时一刻闻警报，自是紧急紧报作矣，予目疲遂寐，亦不知解除与否也。

十八日　晴燥　三月卅一日　星期六

早起。至省府买得三月份米票，并无米，可发油盐，亦不能取，闻俱往城内干训团办理大会诸事去矣。予出，便访笠庵谈片刻。回寓，饭后再往省银行会朱敬、魏学芬，并至县志馆略坐，闻志纯云已决议合饯傅逸麓、赵志垚往渝，定四月二号下午。云今日鄂北情况不佳，报载各事已露出马脚矣。十二时寝，一时半有拍门送公事来者，三时半大雨如注。

十九日　早大雨　八时半雨止　十一时放晴　热　四月一日　星期日

昨晚预定今晨八时入城，参加行政大会典礼，三时闻雨声大作，屋漏如筛。八时半起，写信三件，命程仆送城内。十二时半程归，携有永喜回信，云殷子衡昨已到福音堂，明日方回方家坝云。予原拟今日上午九时与子衡晤见，因西迁七载彼此未见面，原欲详询日知会始末也，得此信换衣往城内访之，与见于秦宅。再至谭会长质臣家，谈二时许，就其家晚餐。归至洗爵溪，黄昏矣，嘱有才持灯送予回寓。今日行路约十八里，疲甚，欲阅书报，目沉沉欲睡矣。

二十日　晴热　四月二日　星期一

早起。饭后写二函，昨接王茂先自渝来信，谓中央对公教人员又加薪一次，重庆加三十五倍，湖北省级加廿倍，自三月一日实行，唯物价飞涨，所加终不能赶上所涨也。正午至师院上课，十三教室欲倒，正在打点拆墙，用木衬等事。此屋原来修造极劣，盖言明临时用者，今则上重下轻，地质又松，幸发见早乃修理，然终必倒塌，仅时间问题而已，遂未上课。与张、舒诸先生略谈，李柏华不来施，明日当搬其室中居住。晚十时寝，疲甚，梦闲已回寓。

廿一日　阴　午后晴燥甚　晚大风似有黄沙　四月三日　星期二

梦闲早起，带程仆送铺板至师院，欲居李伯华退房，未成。仆归云已为王某占去，盖昨晚十时急迁也。王为黄陂人，与李同乡，以故伯华不复予函，盖已愿意让王也，人情势利，可畏如此哉。十时予起，十一时饭毕往授课。教室尚未整好，学生亦不愿意上课，明日又放春假，予遂与梦闲同入城，因刘桂轩约予与梦闲至东门民享社晚餐也。同席周、鲁、周宝善等六七湘人。晚归洗爵溪草庐，风厉气候转寒，着棉衣矣。此地气候剧变如此，午后着单衣犹热，真乖气者也。在县志馆谈二时许回寓寝。

廿二日　雨　寒甚　今日寒食　四月四日　星期三

三时闻雨声大作，十二时予始起。饭毕问志纯，知豫生已往财厅守候赵治垚、傅逸麈，为饯行事，公宴地点在土桥坝雅春。前日包贡九、豫生已代予列名矣，今日不能不去。与张春老、志纯三人行，大雨中衣履俱湿。细思此事有何意义，送往非予辈义务，何致效属吏恭维上官耶。在雅春酒馆久候赵未至，春老倡议留二菜候赵，乃以傅逸麈为主客。五时三刻赵始来，谈半时许即走。予回寓已昏黑矣，足软身疲早寝。

廿三日　小雨　今日清明节　晚大风寒甚　十时三刻下雪子一阵　四月五日　星期四

早起。天气甚寒，着棉衣。饭后带同程仆至七里坪赶场，物价有涨无①矣，买黄豆及小菜回家。熊洗铭呼予至其寓，知其已改业做生意，闻月获利颇厚，饮食极佳，以其所得胜公务员十倍，且无礼节拘束之，亦不伏案办稿也。据说年逾五十四，在公事场中每为冒充青年之公务员所厌弃。吁，朱怀冰年逾五十，每援引轻浮年少，屏绝年老者，然自问非老耶？盖其所抱之政策如是，不能不违心说话以博当局欢爱耳。四时回寓，晚九时写条，命仆明晨到城买各物，十一时寝。

廿四日　阴　寒　四月六日　星期五

早起。饭后进城一次，欲祭祖，具遥祭之礼亦未备

---

① 无，后疑阙"跌"字。

也。连日俗事又多，殊为可厌。鄂北战事愈紧，闻谷城早失，南漳失后敌有进窥保康之状。晚间无心阅书，回忆离乡来此七年矣，清明尤多感触也。

廿五日　阴　寒甚　午后四时似有晴意　四月七日　星期六

早省府送信来，系请予今日在大会聚餐。九时刘石逸同曾□□来，已带香荈半斤，物不佳，留之饭去，谈甚久。正午至师范，因今日教授会议例会，所议无甚结果，欠薪及部补助何时讨得则不得而知，且每次出席均为张、李及予七八人，黠者终静以待之不出席，盖有款来领，不得少若辈一元，无则彼等省出席说废话也。四时到城内，大会尚未毕，七时半乃得晚餐，菜冷饭硬，真悔此来也。饭毕观剧，真无心注视，未终局即出，与友财同回。今日行路足软，颇吃苦。途中细思清明遥祭祖宗亦未具，明日为先母忌日，寓中近三年亦未略具供礼，愧煞孝思二字。到寓后坐一小时寝，设回江汉寓，则足不能达矣。

廿六日　早雨一时许止　以后阴寒如昨　四月八日　星期日

七时起，未洗脸即回江汉子寓，以早雨路滑着布鞋难行，到后一时早饭。命程仆往城内再购蜡烛、豆豉等物，近月物价隔日即涨故也。闻战况仍不佳。午后四时乃携香烛、钱纸至前面坟山空地，插香烛望东山遥祭鄂城祖宗及先父母各墓。今日为先母逝世十二年忌日，并祭于此。举目望云，亲舍在东，真所谓望空三拜耳。回思旧事，涕泪欲落也。烧纸较去岁多，以事杂心烦未写包袱，尤心所难安，立半时回寓。晚间韩英华来，琐琐碎语，予不欲闻之，催其早去。今午王宇澄来谈甚久，曾留便饭去，彼送予黑烟一盒，约八十支，惜予不嗜此也，缓日必另请渠吃饭一次。

廿七日　阴　晚见星斗　四月九日　星期一

八时起。十时至县志馆略坐。十一时至院，在舒峻山处谈半时。午后上课二次。四时再过志馆，问志纯各事。教育为清高事业，而教授之卑鄙龌龊者，师院竟大有人在，吁，可慨哉。晚归饭毕，静坐一时许，十一时寝。今晚腹泄二次，且涨痛，或系前夕在干训团饭菜俱冷，十时归途受寒欤。转钟后梦奇离，似省府印信已换大，且篆文为专制时代语。

廿八日　晴热　四月十日　星期二

早起，至省府补购米票。至邮局汇款二千四百六十元与窦衡之，除汇费及扣杂用只有此数也。访王宇澄未晤，约其与蒋、鲁、吴、周诸人明日来寓吃便饭也，嘱梦闲回寓办菜。今日行路多，足疲甚。

廿九日　阴　四月十一日　星期三

早起，清理内室，整理书案。饭，至乡公所为刘绍湘取得身分证并打路单。今日七里坪场上各物又涨价一次，鸡蛋前场十一元，今日十四元矣，馀物俱飞涨。予自廿九年到此，初次赶场，以各物比较，最少数涨五六百倍，现至二千倍以上，以后如何可推测也。无物可买，遂回寓。午后四时周印澄、吴羽仙、王宇澄、冯挽澜、龙智仙先后来此久候，鲁坚、蒋铭未至，冯称鲁、蒋必到也。天已黑，遂开席，先来者馁甚。凡人请客，不来必以函辞，既许而令他客久候，于人情为不恕矣，七时半散去。十时半寝，多杂梦。

三月

初一日　阴　曇　四月十二日　星期四

早起,头晕。连日腹泄,脏气不舒。饭后往院授课,午后四时半回寓。今日遇卖鸭蛋者,买九十枚,每枚十五元。前十日购得鸡蛋百卅枚,每枚十一元。近旬物价暴①,两次买鸡鸭蛋之数,在抗战前武汉可买一二栋好房屋矣,以后物价可预测之。傍晚崔吉六同胡乡长瑶卿来寓,留便饭去。

初二日　阴晴不定　四月十三日　星期五

早起。饭后拟作文、作诗俱未就。心烦意乱,心中直

---

① 暴,后疑有脱字。

无主宰，又似心虚，连日腹泄亦未愈。晚间又拟为文，以精力疲倦遂止。寝后多梦，鸡鸣时又梦甚怪，似予大病已在垂危时也，心明朗，自谓此时已死耶，但有最痛苦关头尚未见临。因思人欲死时心虽诚，去万念，诸事已成空矣。因念佛曰"南无阿弥陀佛"约三四句，遂渐复生矣。醒时天未曙，此梦似有一小时许，历历忆及之，真奇梦也。

初三日　阴　夜转钟后雷雨大作　四月十四日　星期六

九时起，倦甚，足软甚。今日场期，饭后带仆往七里坪赶场。物价又涨四分之一，如上次买黄豆每升二百八十元，今日三百四十元，尚不及前日豆子之佳也。予每迟疑作事，每料及之而不作，是予之最短处。细思类似此者不下十馀次，何其无毅力也。午后十一时至曲水洞张宅，赴上巳之约。始闻昨晚美大总统罗斯福已死矣，今晨各机关下半旗志哀云云。抗战近三年来，中国帮助完全恃罗斯福，设彼英俄之待中国，吾国早已瓦解土崩矣，尚能支持到今耶？又闻敌兵在鄂北者，除南漳尚在战斗外，馀均退往豫边，我军遂以收复电来报。长官部及省府今日与会，除新添张昭麟字圣知。者外，馀均旧友，四时半开席，五时分韵后予遂回寓，足软甚痛。

初四日　雨　午后晴　晚见星斗　四月十五日　星期日

四时闻雷雨声大作，九时起。午后天气转晴，此时气候之坏，近三年始变态如此，予初到恩施无此情状也，此致病之源也。今日未出门，晚阅杂书。八时起决意为刘晓庶之母作碑文，文思忽转顺利，竟成之矣，并润色前作其父碑文毕，又作李长青传，成前一段。予近两年凡事畏难，作文提笔即倦而欲睡，今夕乃变前态，或亦冥冥中有助之者欤，至十二时半乃寝。

初五日　阴　午后四时晴　四月十六日　星期一

早起。饭后至省府换包谷及米条子，朱祐廷来一电，请王洪达代翻出，知其求县长不得又欲兼田粮处长矣。此人何发官迷如此，予久劝之而竟不信，何也？至师院考英语系学生国文。午后四时至官坡卅八号龚秉诚处，取得陈季明托带之腊鱼一尾，重二斤，又花生仁已炒熟者重二斤四两。季明因巴东无车，奉令来施开会，已折回宜昌矣。予得龚与季明函，亲往取之者，胡文卿则屡云带鱼及青布，竟未见来，此真无办法之人也。晚自办菜并函约刘石逸明日来寓便饭。十二时半乃寝。

初六日 早小雨 阴小雨时作 午后有晴意 转钟后大雨如注 四月十七日 星期二

早起。饭毕至七里坪赶场，买得绿豆一升，价四百廿元，黄豆每升三百六十元，尚不能购得，较之正月间加二倍矣，以后必高涨至不可计及矣。正午至师院考国文系国文，四时半回寓。七时高启圭、刘石逸同来，谈一时许别去。十一时寝，转钟后雷雨大作，起来接漏，窗外雨水作吼声，扰扰一时半乃已。

初七日　早大雨　十时晴日当空　正午后又大雨如注
四月十八日　星期三

七时大雨如注，九时起。十时天放晴，予亦未至院授课，虑天又变也。正午大雨如注，四时又有晴意。此地如鄂东之五月天气，近三年来乃如此，迭询土著，均云前六十年间无此气候，亦奇事矣。古所谓风调雨顺者未及见之，此真所谓乖气致异耳。午后思往事，鉴现时情形，又思及亡室孟夫人，平昔待予之贤淑，能体予心思，同居武昌，无时不顺意者。心烦甚，饮酒三杯，颓甚。饭后遂睡至黄昏时方醒，写信与胡文卿、陈季明，备明日发出。十一时半寝，转钟后多奇怪之梦。

初八日　阴雨　四月十九日　星期四

早起。饭后带同程仆往省，途中遇大雨，予遂回寓，心烦甚。今日已到府前不远折回，途中遇汤之望，云张文运已由法院判处死刑，报章已宣布矣。甚哉，横暴贪污、枉杀压抑乡民，众怒之下，其何能逃刑哉。报载鄂北敌人已退湖南，益阳等处又吃紧矣。晚间抑郁甚，腹泄亦未愈，寝后多梦。

初九日　阴　小雨时作　晚见月光　四月二十日　星期五

早起。饭后又与程仆至府买油米，均无有，合作社现时办事不力，而秘书处易人，大半湘籍，更不负责，此殆所谓每下愈况耳。噫！中国政治即如此一例也。至城内会蔡朴周，遇许伯蘧，请开一方，途遇立庵，至其寓亦开一方，两人治病不同，无怪近年医家无准则。许、蒋均儒医多年，读书多见，理亦透，而轩轾如此，则渝万大埠及施南城悬牌业医诸熟人，予尚忆及彼等抗战时始看医书，今竟大行其道，获巨以致富者何也。勿乃医者缺乏，供不应求欤？可为浩叹。傍晚回寓，晚十时腹仍泄，十一时寝。

初十日　雨　午后阴　晚雨　四月廿一日　星期六

早起。饭后写衡之、文卿、石逸三函，寄石逸三千元，托买各物。午后至师范开教授会议，今日到者多，时间亦稍准，盖已先通知盖章向教部索欠薪也。平时不出席今日皆到，甚哉，钱之动人如此。何前数次无责任心欤？四时散会回寓。晚间大便燥结，脱肛剧痛二小时乃已。老年人不强又多病，脚抽筋，连夕如此，兼之此地气候雨湿甚重，真非老人所宜。噫！日日望我军收复失地，敌人东逃。一月前报章所载。以无眼光者观敌之败，似在最短期间，乃事实相反如此，可见报章所载均不可信。夜虑睡不熟，至十二时半乃寝。

十一日　雨　终日小雨不断　四月廿二日　星期日

九时半起。刘庄祥来寓，予细询乡间及别后诸事、鄂东情形。庄祥去腊月十八自鄂东行署动身，系送学生三百馀人往万县从军者也，留之饭，谈三小时乃去。庄祥为伯阳之弟，在黄冈任内予送往牯岭受训者也。彼有岳武穆墨刻《出师表》八幅，木刻翻印者，刻拓俱劣，南阳木筷一把，此人有礼，计此二物亦需二百元左右，在从前一二元够矣。晚仍雨，室内湿气重。今年自正月朔至今已过七十日矣，而晴者仅十七天，尚非整日晴也。是春季已过四分之三，其情形与去春同。麦、菜收获逆料无好结果。晚郁甚，饮酒一大杯，至十二时寝。

十二日　阴寒　午后三时有转晴意　四月廿三日　星期一

早起。饭毕至省府坐片刻，带仆取米谷不得。午后至城内，托刘九经汇洋三千元至建始刘石逸。访佘子祥谈片刻；出至品真馆照二寸半身像，予已留须四阅月，下须尽白，照此为一纪念，寄邓婿及玉女一阅。晚归疲甚，饭毕小睡一时再起，写信二件，清理各事，十二时方寝。

十三日　早阴午后晴　晚有月色　四月廿四日　星期二

早起。饭后至省府晤刘荣焌，面托各事。至会计处访阚会计长，说韩英华事。正午至师院授课，为国文、英语二系合班，告以等韵之法，连续二小时未下课。四时回洗爵庐吃饭，五时半归，十二时寝。

十四日　晴　晚月色大明　四月廿五日　星期三

早起。饭后至师范授课，与英语、国文两系讲等韵毕，便教以双声、叠韵、反切三名词，并举例相示，此诸生前次所请授者也。交诗词残页四十五份分与之，人数多，仅以今日到堂者领之。又讲作诗浅法，似领悟者多。四时归，六时韩英华来告以会计处各事去。十时写信三件。

十五日　晴燥　午后阴　月光大明　四月廿六日　星期四

早起。午后往师院授课，以诗词零页给学生，上堂上者约五十馀人，未来者不够分配也。四时半回寓，晚间写信三件，十一时半寝，疲甚。

十六日　晴　热如盛夏　晚无月似有雨　四月廿七日　星期五

早起。饭后往省银行，托魏学芬买白蓝青三种官布，青蓝每尺二百元，较去年今日涨价三倍矣，各买十六尺，去价九千一百廿元。往审计处会鲁鲁山谈二小时，以先君石印墨迹请其题一小叙。鲁山请予作画条一、小联一，前已许之，今日不能拒也。惟傅逸麈为赵纯如乞写送别图则予所未许，当时为赵饯行系还席。赵于春初曾请予吃饭一次，而陈豫生、包贡九必欲予为之，以实当时饯座时见好于赵之意，则非予所心愿也。鲁山去年中秋曾盛筵请予者也，其人能书能做，以视赵何如哉。晚归写诗稿并信件，十一时寝。

十七日　大雨　晚雨达旦　四月廿八日　星期六

早起，因大雨未出门。饭后仍雨，以取所购之布在中正桥配售，所须亲往。程仆昨已回家，无人代取也。便至省府取得三月份中央发来补薪十五成，计每月共加数六千九百元。以后月可增加六千九百元收入，惟近时物价陡数倍，须加薪于事无多裨益，然胜于未加也。今日着钉鞋，持杆伞、皮包，又带回布匹、肥皂等件，极重，行路泥深且滑，汗出如渖，真以为苦矣。晚十一时寝，寝后极不适，足软甚，睡熟后杂梦极多。

十八日　大雨　午后雨至晚方止　十时以后又雨　四月廿九日　星期日

六时醒，疲甚，足酸痛不欲起。韩英华八时来坐，说各事，予不欲闻其琐碎语，亦未起答之，韩去。自是睡至下午一时起，向来无此晏起之时也。墙外秽气大起，室内湿气奇重，此种景况实有难受者。吾辈少小即住有楼地板之房屋，尚且时染湿病，今来施七年馀，无怪老时疲且病也。午梦中似在籍见张肖鹄、陈邦某争选举，又见易泮香及旧同学等。心烦意冷，连日又恶卑污之友朋，而五衷时起忿恚，故多杂梦。二时食稀饭二小碗，三时疲甚，又和衣睡至晚七时起，写复各处函，至十二时寝。

十九日　大雨终日　夜雨达旦　四月卅日　星期一

早起。饭后至省府代窦先生领四月份薪，王汉西请写屏一块，谢南山请写屏条各一。彼等有所求，不应之不可，每月领款有许多方便之处。归途衣履俱湿，晚写信六件，至十一时半寝。

二十日　阴　午后四时有晴意　五月一日　星期二

早起。清出纸烟十二包、橡皮西装带一根、钢笔尖二枚、小儿惊风丸三大颗,请其托人代售出,留之无益也。访刘九经取回汇款条据,至配售所提省行代买之青斜纹青市布,均未提得。据黄主任云,布色太差,容缓三日,彼为予选择之,并介绍林汉如、姚天荣二君相见,谓以后如不能晤彼,可与林、姚二人交涉之。林,武昌人,姚,本地人。今日行路多,足为钉鞋所夹,极难行,途遇阮仲贤,立谈片刻。今日午后二时授课,课毕渡河,河水急如箭,颇危险,劳劳终日,真不知所谓矣。吁,胜利何时?使吾曹回武汉住一安闲地耶。到寓疲甚,饭后未作事。

廿一日　晴　五月二日　星期三

早起。饭后至省府买油盐,便晤王秘书长,此为第二次见面也,谈填表事,并略告以予前之资格。正午至师院考英语系月课。今日阅报，德国完全崩溃，柏林已被俄人占领，且出布告安民矣。慕尼黑被英美军占领，旧金山四十六国会议，将以最后通牒令日本无条件投降，否则群起对日宣战。消息如此之佳，然欤？否欤？姑听之，观其后耳。晚欲写信，以倦而止。观时计已十二时矣，遂寝。

廿二日　晴热　五月三日　星期四

早起。饭后到院已十二时矣。午后一时考国文系学生国文，四时半回寓。今日报载，希特勒已战死，其事虽载如此之详，然尚待证实也。晚写信四件寝。

廿三日　晴热甚　夜小雨，暴风一时许即散　五月四日　星期五

早起。至省府领取四月份薪，闻各科秘书，中央来令，荐任三级以上者均加办公费三千元，三级以下减半。此次加薪多，物价飞涨，加之数终赶不上涨之数也。午后回寓,热甚,晚写复各处函,至十二时寝。今日至城又往七里坪赶场一次,刘庄祥来谈甚久,留之便饭去。

廿四日　阴　夜转钟时闻雨声　五月五日　星期六

九时起,疲甚,足软腰痛。饭后命迟生至城取相片,照法欠明朗,而铅笔填红均不佳,但肖甚。须发俱白,望之七十翁也。予去腊留须至今,长仅寸馀,茎茎皆白。此片欲寄本籍周淬成,特留此老状以寄之志慨也。又命迟生取回所购布三种。晚间清理案上各事,十一时寝。

廿五日　大雨至暮　夜雨达旦　五月六日　星期日　今日立夏

早起。雨大,昨鲁鲁山请客,今日欲不去,须作函致谢,而程仆未来,只好于饭后竟去,着皮鞋,路滑甚,行一时半乃到。大雨如注,幸携大伞,尚不吃亏。十一时到,与鲁山坐谈甚久。张圣知系新客,馀均熟人,碧舫、逸麓、伯熙、荐周，闻未到者为春廷、敏生、勉之，均为雨阻。菜肴精美，酒极佳，二时开席。予于三时半与百照先出，恐雨愈大也，到寓已四时半矣。傍晚食面饼，晚雨不止，增人愁闷，十二时方寝。

廿六日　晴热甚　五月七日　星期一

早起。饭后至省府，闻有号外，谓德国无条件投降俄、英、美三国矣。德国暴戾，穷兵黩武，六年间占领欧洲十馀国，今乃如此结局耶。德、意、日所谓轴心国家，今已亡其二矣，大道恶盈，可畏哉。午后在师院上课，四时回寓，热不可耐，昨日着棉，今朝衣单如暑期。此地气候之乖异如此，令人难受。晚十一时寝。

廿七日　晴热甚　五月八日　星期二

早起。饭后至师范授课。阅报知德国之败已征实，希特勒确战死矣。一说为俄军炮弹击死，黩武之首领何曾有善终欤！墨索里尼为意人所杀，所谓黑衣社，所谓国社党可以鉴矣。美总统罗斯福恰死于前一旬，惜未之见。然则倭国之天皇及主张侵略吾国之军阀尚存者，或亦时间问题耳。顾氏所谓天道好还，盖中国有必生之理也。晚阅书至十一时半寝。

廿八日　晴热甚　五月九日　星期三

早起。饭后至省府探问各事。正午至院授课，四时回寓。热甚，晚十一时寝。

廿九日　早阴　十一时大风　寒　午后大雨　寒甚　五月十日　星期四

早起。九时崔冠侯来谈二小时，留便饭去。十一时至七里坪赶场，未买得合势食用之物。至省行请朱敬代买白土布二匹，较之去年价高三倍，每尺云八十元，较之前四年高七十八倍矣。嘱老向买油及打柴条子，均未就，公家作事如此,遑问公务员福利哉。晚间更寒,又着棉衣,如此特异气候,殊可怪也。

三十日　阴　五月十一日　星期五

九时起,清理案上积件,欲还清省图书馆书籍,一一检出,将案上扫清一切不需要物件,心目为之一爽。午后李少白来谈甚久,留之便饭去。晚间杜子敬、林寿同同来看书,坐一时许乃去。晚间清理各事,欲作上巳诗,以心绪烦乱遂止。阅杂书,至十二时寝。

四月

初一日　晴热　五月十二日　星期六

早起。饭后至省府取补成薪水四百份所未发者也。闻开某会,有各县在施机关职员来府,予遂参加,始知重庆善后救济总署,催各沦陷区代表填各该县战后损失情形。开会报名约半时,质询约半时。予遂出,至邮局拨四百元,请陈国苣还纪延藻。便与包贡九谈片刻,彼又欲发起参顾开会聚餐云云,予不赞成。彼去冬不听予言致中人计,尚欲惹一顿麻烦耶。三时半归,晚寝,鼠嚼物声,跳蚤吮人,起数次,致不安枕。

初二日　晴热甚　晚大风　五月十三日　星期日

早起。饭后填昨日发来之表已毕,至洗爵溪草庐,便至县志馆谈近事。傍晚归,欲誊写刘晓庶父母碑铭,以倦中止,明日当补之。

初三日　晴热甚　五月十四日　星期一

早起,至省府欲取包谷归,发毕竟无所得矣。归寓吃饭毕,正午往院授课一小时,即往图书室开训道会议。此为汪奠基接事后第一次会议也。报告讨论三小时,无甚结果。予回洗爵溪寓吃饭,五时半归寓。今日刘庄祥、汪成炳同来,坐谈一时去。

初四日　晴热甚　今日闻有寒暑表者云八十二度　五月十五日　星期二

早起。饭后未去授课,在寓写小联、屏条等件,约四小时。手已软,字亦不佳。久未临池,真所谓笔墨生疏矣,五时半疲甚遂止。晚间杜、林二君来谈甚久去,予亦未作事。十一时寝后,跳蚤呐人,至不能寐,起坐数次。

初五日　晴热甚　五月十六日　星期三

早未起,包贡九来呼予,予疑其有重要事,彼数月未过寓也。问之,知其昨日上午在院与黎翔凤争闹,几用武矣,留之便饭去。午后一时至院授课,三时往大礼堂开会。汪奠基前日通知全院教职员六十馀人齐集,天热如蒸,三长及一主任发言,为募捐修校舍事,予等前未之闻也。演说至三小时无甚结果,与会者饥渴疲甚,既无点心,而开水起油臭,茶叶浮而不沉。设非贡九今日相逼,予决不到会。归途疲而难行,至草庐食稀饭二碗,心慌稍止。噫!此种人不通世故如此,徒唱高调无益也。

初六日　晴　热甚如伏　五月十七日　星期四

早起。饭后带同程仆至府取得胡文卿函并汇款,又带往省图书馆还书约卅馀种,取回借据毁之。午后回寓,汗出湿衣。此地热则赤膊,雨则棉衣,真不成气候也。晚间阅杂书,十一时寝。

初七日　晴　热如伏　五月十八日　星期五

八时起,倦甚,以足软未出门,嘱家人晒各物。饭后小睡二时方起,晚仍热,补写日记,写信三件,并复朱祐廷、萧液垓等电。寝后跳蚤多,不安枕。

初八日　早阴　午后阵雨三次　晚似转晴　五月十九日　星期六

八时起，今日拟出门，天沉黑，虑有雨，午后大雨数次，遂未出。四时转晴意，韩英华来谈片刻去。晚寝不适，转钟后大雷雨，予起接屋漏二次。

初九日　大雨如注自二时半起至今日三时止　五月二十日　星期日

晏起。吃饭视表，已十一时半矣。大雨如注，门外渠水声急。各田间闻水声如瀑，栽秧须雨，或为丰年之兆欤？午后三时雨乃止。毛寿鹤来述各事，省府秘书处近来不惬人意之事甚多，自朱怀冰不重湖北人及鄂人，群起贬怀冰后，以至演成如此现局，可慨也。晚清理文稿，将刘晓庶所请为其父母撰碑文文稿重誊一遍，明日改正寄去。两文俱有片段可取，以意新而近于古文也。饮美酒三杯，十二时寝。

初十日　阴晴不定　五月廿一日　星期一

早起。程仆病似重,不能食。午正往师院授课,四时归。饭后誊写刘晓庶之父母碑文已成矣,晚十一时寝。

十一日　早大风雨　午后三时晴　晚月清朗　五月廿二日　星期二

早起。程仆病仍重,命人送至医院治之。正午至师院授课,四时归。今日报载新选中委有朱怀冰、郭忏,候补中委则吴国桢、彭善、罗贡华诸人。国难未已,争选举者必欲得之,使诸人以竞选之心思、才力御外侮,何患不胜利耶?殊可叹矣。晚间程仆病仍未减,而其家亦未派人来接,殊为焦灼。十二时寝。

十二日　晴　晚月色大佳　五月廿三日　星期三

早起，无水煮米亦无茶喝，予怨气。出门往省银行会朱敬渠，买饼八十元食之。刘有才连日不来挑水，予嘱朱敬与之一言，遂至师院授课。午后三时在县志馆略坐，谈片时至新庐吃饭。今日怄气，不能食。傍晚归，闻程仆之父已来接其回乡矣。昨今两日共付九百元，内子尚留五百元未付，予准备付二千元与之。此人以后不能用，时时回家，兹来不及四日，揣其心理非回家不可。十二时半寝。

十三日　早雨一阵　午后阴　五月廿四日　星期四

早起。饭后至城访汪成炳、曾同仲未遇。访李晓波、万隆坤、刘九经于邮局新屋楼上办公厅，人数多然井井有条理，予与李等谈片刻即出。访刘自安，云益阳、桃花江等地均为敌人占据，并取舒塘近日来信示予。访杨顾安，谈片刻，始知胡成雨所谈各语均不可信，且嘱予防其人。

佘子祥之新妇即胡作媒所成者也。予说话每不顾忌，致为人所刺探以去，甚或作为播弄工具。噫，赵子乡其前车矣。傍晚归，足力已疲。饭后边清辰来谈甚久去。

十四日　早大雨　午后晴　五月廿五日　星期五

六时醒，闻大雨声。今早原定到府买油盐者，予思雨路难行，遂又睡，九时半方起。饭后清理案上各物。午后晴，往省府购物。晚归，写信三件，十二时寝。

十五日　晴　晚月色佳　五月廿六日　星期六

早起。饭后至卫生处回看李亚雄，谈片刻，知胡文卿托郑平五所带腊鱼肉等物，平五实未带施，因李与郑同自太平溪首途，并未提及带鱼肉之事。甚矣，人心之叵测如此。彼答复文卿，谓已托施南友人交予矣。晤杨光第，谈一时许。晤王一鸥，述鄂东新四军、共党在该县改变政策事。傍晚归，饭后写复各处函，至十二时寝。自今日起，所书某时系照提前一时之钟点。

十六日　晴燥　五月廿七日　星期日

早起。八时师院学生裴耘、丁人金、邱正元、江树森、石玉珩先后来谈，此即师范所谓道师道生制，令学生来寓，请益考察其思想行为者也。予办理教育先后十七年，眼见制度愈新，时时巧立名目，于教育有何益哉？尤异者，所指道有九名予并不认识者，今日亦未来寓。吴越号锡珪，前三一中学学生。及林均中亦同来寓有话说，如是，留便饭去。晚间疲甚，为学生改文仅三篇，遂寝。

十七日　晴　五月廿八日　星期一

昨夕跳蚤多，寝不安。早起再睡，十时方起。此地环境予深恨之，真所谓寝馈难安也。饭毕，匆匆出门至师院授课，行至洗爵溪，遇麻城学生张树五，云今日下午二时为教育系学生刘泉久开追悼会，已停课致祭云云，予遂折往省府购得谷米条子归。饭后小睡二时许，晚间补写日记。

十八日　晴热　五月廿九日　星期二

早起。饭后至院授课，午后四时归。连日报载战事甚好，倭寇不久必败亡矣。晚写信二件，为学生改文至十二时寝。

十九日　晴热　五月卅日　星期三

早起，赶场一次。午后至师院授课。晚写信三件。今日报载各事，倭寇已到末路，今秋必败矣。

二十日　晴热　五月卅一日　星期四

早起。饭后至师院授课，午后四时回寓。连日天晴，田中秧乏水养,已呈萎象。天无三日晴,今晴数日又望雨。此地田畴无塘堰蓄水之处,故水车不适用,完全靠天吃饭者也。前年天干致成荒歉,而不谋人力之补救,可为浩叹。恩施人只图眼前利益,不顾将来者也。

二十一日　晴热甚　六月一日　星期五

早起,清理各事。饭后为鲁鲁山、崔冠侯作画,至下午四时未竣,目力差,不耐久坐。晚间写信二件,催建始来人,竟已许月馀未至者也。

廿二日　晴热甚　六月二日　星期六

早起。饭后往图书馆略坐,往城内送诗稿二册与葛芝岩,去秋已许,竟未与者也。闻曹蕙村本年三月十三日在渝中风死,事前尚思打牌,与友人闲谈,夜间呼心中难过,二小时即卒,此无病痛,真修行善终者也。蕙村为人平和,年已逾六十,二子俱得力,且在渝送终云云。又闻

民国三十四年（1945年）　四月

其仆刘某去年亦在施病故，刘为人诚实，在省府充传达半年，北方人。噫！人生危如朝露。受抗战之害，客死者正不知多少矣。至锦文笔店略坐，取得买墨款归。回寓饭后疲甚。今日谈君讷先生之子结婚，送洋五百元。予未参加典礼，仅与谈先生数言即出，客多，招待所地小，热不可耐也。晚间疲甚早寝。

廿三日　晴热甚　六月三日　星期日

早起，至七里坪赶场，买肉不得。与熊洗铭谈半时许，彼对战事、政治均乐观，谓中秋前后可回武汉云云。午饭后傅康屏、韩英华来谈甚久去。今日补作画件仍未成功，晚十一时寝。

廿四日　晴　热如伏　六月四日　星期一

早起。饭后往省府送电报，请王宏逵代译。知府中分配白布，以未带折子未能买得。至师院授课一小时，开教授会议，出席者甚少，住院者不出席，盖欲坐享其成者也。人心之坏，至近年而极矣。天热甚，予未终会即回至新庐，馁甚，吃饭一碗。小睡一时回寓，又睡二时许，晚仍疲，十一时寝。

廿五日　晴热甚　六月五日　星期二

早起。饭后热甚。予连日足软，行路艰难，上山坡则汗出如渖，气喘不止。今日院中有课，未能去授。午后写复各处函，身疲，午睡一小时。晚为学生改文至十一时寝。

廿六日　晴　热如伏　六月六日　星期三

早起。饭后至师院授课。午后在新庐吃饭，休息，疲甚，小睡。施南气候久晴热甚，久雨寒甚，极不适吾辈。今晴燥已十二天矣，田中水干，秧枯欲死，旱灾似已成矣。前闻省府人云，近时已将此地人情谚语变为"天无三日晴,地无三尺平,人无三分情"。谓此地人唯利是视,不讲人情也。原句为"人无三分银",平时多贫苦,今则此地农、工、商土著至少者亦腰缠十万矣,而上等经商或组织公司以网利,如茶、煤、粮食、布匹之商家无不千万元。昔时教育不到鄂西,今则恩施男女无不受大、中学教育者,天予之机也。晚饭后为学生改文,两系俱毕。誊写分数,俾明日上课发给之。十二时寝。

廿七日 晴热甚 六月七日 星期四

早起。饭后往院授课,途中遇鄂城新到施学生王钧鼎、王寿生二人,携有郑宇平来函,便询知鄂城县长魏伯珍,已逃至黄州三里畈行署附近居住。彼二人走一月零四天到施求学,途中所遇无非抢劫之类。似军队着制服持枪者,所带衣物均细细分去,美其名曰护送彼等也。嘱二人先寻同乡会登记,并告以佘子祥、刘叔模地点,即往报告一切,暂筹善后而去。至院授课毕,约学生叶锺炎等八人谈话,此即训道处划归予为所谓道生者。予未教彼等功课,且素不认识,而院长必欲该生等认予为道师,真怪事也。四时半回新庐，足不能提，热不可耐，衣裤俱汗湿透矣。噫！此真所谓要饭吃者，在武汉亦无此怪学校，即有此等事发现，予早已辞职矣。傍晚归，疲极，小睡，八时再起，补写各件，十二时半乃寝。

廿八日　晴热甚　六月八日　星期五

早起。饭后清理各事，十一时午睡至下午一时半起。连日行路多，说话讲书多，疲乏已久，睡至二小时未醒，可证身体之劳也。昨得萧液垓、孟啸鹤鄂东行署来电，称鄂城县长魏伯珍已逃至鄂东行署附近，其情形盖新四军已占领行政地点，行使政权矣。近闻武汉人来云，亦以共党势力渐渐集于武汉附近，敌人一退，彼即先收复失地，有其人民矣。噫！国民党之宣传不如彼占便宜也。前闻黄安人来施云，新四军改变其从前态度，对民众一意柔抚，此更可得人心也。晚阅杂书，十一时半寝。

民国三十四年（1945年） 四月

廿九日 晴 极热 六月九日 星期六

早起。饭后整理未印诗词稿，属于《偶忆集》者十馀首，则从前自序中所谓三百五十二首者又不止矣。予前三年所默出者仅二百馀首，去春续默百馀首，共三百十馀，续又增为三百五十二首，予之脑力总算与平凡人异也。原稿六百馀首，倘再竭力记之，必可得四百首矣。程松年师年六十时，自云记忆力大差，年七十记忆力消失大半，以故七十二三，所为诗歌简直不成句语，盖心力已罄欤？程年八十一岁卒，后三年卧病床褥，殊为可怜，幸其子媳均孝，为时所重云。寓中连日葵花盛开，门前石榴树三年前为虫蛀，半枯死，屋主斫去三分之二，此不得活之理也。此树今春突呈生气，枝叶伸长极速，一星期前竟发苞开花四五朵，近日则开至十馀朵，天之生物其不可测如此，奇哉，因感触并记之。十二时寝。

五月

初一日 晴 极热 六月十日 星期日

早起。饭后极热,连日畏热未出门。十时至寓外,见蜀葵开紫色花,予西来已见葵开七度矣。记儿稚事殊多感触,光绪戊戌从程师读,端午前四日见太平桥一带居屋破墙人家,红葵可爱,师之园中亦有盛开之葵,端午为师拜节,予着一蓝条时花褂裤,顾盼自喜,师母盛夫人视予犹子,期望异他学生。予时年仅十二,能写小楷,读书亦慧。民国以来,予从政黄安、蒲圻,笾榷荆沙,师母尚见之。对葵花而动幼稚时读书事,见红榴开复忆及予之生日,忽忽近六十矣。国难未平,作流寓之人,受多少罪,于鄂西呕多少气于政学界。思乙亥五月八日,宋济贤、萧液垓、方绪吉、明敬安、李毓棻为予书寿序,萧液垓为予作寿言。其时晴川、三一、大冶、鄂城、一师范学生在省城汉口者廿馀人，为予举行称觞礼，颇称一时之盛。而政学同事诸友如范寄沧、冯艺林辈或长于予者，亦有卅馀人到省寓宴集，尚有黄陵矶、蔡甸两商会来宾数人。是日天气热，有阵雨。寓中分次过松筵十馀桌。转瞬十年，岂料西迁至此尚未回武汉耶。默祝太平，明年五月当在武昌，或可请学生辈为予作写六十寿言也。今晚热如伏，闻鲍先生云医院寒暑表连日已逾九十度以上，气候之变如此，而此间旱象已呈，奈何！

初二日　晴热极　阵雨一次　晚沉闷　六月十一日　星期一

早起。饭后以天热亦未到院，仅至省府访问各事，午后四时回寓。晚间写信二件，连日感触多，心烦甚，寝后梦多且杂，脑筋受激刺与神经衰弱象征也。孟夫人谢世已十二年，平时对予相敬如宾，一切家事予从未过问，及外间诸事支持，彼亦当家大半，从未使予怄闲气增烦恼也。连月思之，潸然泪下。噫！使其能践再生重合之言，则彼降生已十二岁矣。晚寝不安。

初三日　雨数次　阴　晚小雨　六月十二日　星期二

早起。饭后至师院授课，午后四时半归。今日着钉鞋，又带布鞋一双，途中时时换之，盖新雨路滑，土路干复不能着皮鞋，此种政治、此种道路，真令人呼行路难也。到寓足痛疲乏殊甚。晚饭后阅杂书，心极烦乱。连日似受热，食物俱不合味，昨今俱改食面一餐。十二时半寝。

初四日　阴晴不定　小雨时作　天气沉闷　六月十三日　星期三

饭后至师院，正下午一时略憩，上课讲解极吃力。三时半过新庐略坐，至县志馆谈各事，五时带同定生回寓。晚饭后欲作事、阅书，俱以疲止。今夕室内始有蚊叫，连日天干，今年蚊不易生也。寝后再起，身疲足软，昏昏安睡二小时矣。

民国三十四年（1945年）　五月

初五日　早阴　午后雨　天极沉闷　旋大雨　六月十四日　星期四

早起，清理桌上书籍、零件等等，此种事在武汉时仆妪及梦闲代予为之，西迁七年，凡事自己料理，养子不肖，思之怄气，益思孟夫人不置。梦闲同定儿今晨出门去，因校中未停课。天理国法人情，抗战以来，政学当局俱系狡滑以欺世盗名者为之，故端午、中秋决不休课放假，犹时时以此炫人曰：我因不敢废时光者。自欺欺人，肉麻之语，闻者生厌，而智者早已鄙弃之矣。今日院中有课，予亦未去授，授之未必尽听，徒增生徒之不快耳。正午小睡，韩英华来谈片刻去。五时大雨如注。晚阅学生期中考试试卷，十一时寝。

初六日　大雨如注　晚雨达旦　六月十五日　星期五

早起。饭后清理各事，写信与黄仲恂、杨光第，命程仆送去。午后阅学生试卷。晚阅杂书，十二时寝。

初七日　阴　阵雨时作　晚见星月　转钟后大雨如注至天明　六月十六日　星期六

早起。李晓波来寓，坚请予至城，谓明日为予生辰，三一中学同学早约定为予祝六十寿也。三一学生在邮电界者多，对予甚有感情，而陈国芑、万隆煜到施后尤表示亲爱之忱，此又较他校毕业学生为优。予昨为迟生不听训诲恒气甚，遂与晓波同至新庐。途中因昨夜崩塌之路甚多，行半里，予足陷深泥，鞋袜俱沁湿。晓波又至寓来取袜子，到新庐略坐。饭后与晓波约定明日上午十一时到其家。午后至张春霆先生家，开会约二小时毕，其家已具酒、面。食毕，回新庐，嘱梦闲办菜数碗，备明日请鲍君夫妇及刘绍湘、桂轩、友才诸人也。晚间张祖成、田焕明来探予寓是否有庆祝举动，语数语竟去。予宿新庐。

民国三十四年（1945年）　五月

初八日　早至午正大雨倾盆　山洪怒发　午后阵雨不断
六月十七日　星期日

早起。大雨如注，予欲候雨稍住进城，九时雨更大。胡凤喈、陈志纯、张干青、陈豫生先派人送洋二千元来寓，为予作贺礼，予退去。未几，胡、陈四位同来，略坐周旋。予遂同友才入城，沿途雨愈落愈大，山洪下流，予着皮鞋，以水深三四寸，遂无异赤足涉水矣。行两句钟方达到南门外李晓波住宅，制服下半尺馀为水沁透。洗足后小憩，知三一同学已另发通知，约予为本日下午四时在中美俱乐部庆祝寿筵也。十二时半在李寓午餐，国芑同席，酒肴甚丰，盖彼预定予与梦闲同来者也，晓波待予有礼，因其父与予交厚，此次迭请为予祝寿，以情不可却，冒大雨涉山洪而来，至是心亦稍慰矣。四时至俱乐部，罗立卿、许道忠为三一最高、最低班次学生，予均未教过，道忠两兄葆成、训成均为予当时亲教二年馀者。今日曹德修因通知未接到或为大雨所阻未至，馀则隆焜、姚兆麟、刘九经、秦永喜、晓波。五时开席，肴菜极精美，大曲酒亦佳，此一席费万元矣。六时回晓波寓，彼夫妇坚留予住宿一宵，予虑扰人过甚，且天热，彼此不便，遂匆匆归，到大桥时江水已涨入马路尺许矣，折至北门正路过桥，遇友才来接予。到新庐疲乏甚，洗澡后乘凉。九时半寝，疲倦甚。

初九日　晴　极热　六月十八日　星期一

因疲倦晏起，毕斗山先生亦送洋伍佰元来祝，予亦未起，送此将何以处耶。十一时饭毕，至师院授课。天热如蒸，地面湿热气怒起，行路极难受。课毕至县志馆，谢志纯、凤嗜等谈片刻，回新庐小憩，五时半回寓。

初十日　雨终日　晚大雨达旦　六月十九日　星期二

早起。天沉黑，小雨，饭毕至师范途中遇大雨，到院未授课，与诸生略谈一时许。至办公厅问卢俊、汪奠基各事。下午三时归，途中又滑而难行。昨晴一日，今日大雨。前者久晴，无人恶之，雨大泥滑则殊增人烦闷耳。晚食面饼，三枚已饱。十一时寝，多梦。

十一日 自朝至暮大雨未停 晚九时又大雨 六月二十日 星期三

九时起，写信嘱仆至省府取款、买油米等等。携回太平溪张天则来信，辩明郑平五并未带腊鱼肉来施，原物存太平溪，郑过时未知，予始悉胡文卿写信荒唐矣。今日应写复各处函，提笔即懒，近两月间均如此，身疲欲睡，简直无精神也，老象毕呈。予中年作事迅速，西迁以来饱受艰苦，而营养不足致造成如此现状耳。晚左额痛，九时遂寝。雨声又大作，湿气重，室内杂气生，令人难过。今日蒋立厂来为杜宅看病，谈片刻去。晚阅杂书至十二时寝。

十二日 雨 六月廿一日 星期四

早起，清理案上凌乱各物。午后为学生看试卷。晚写复各处函件，择要者先发出，尚有十馀件必读复之。凡事愈积愈久，愈懈怠愈压积，多致秉笔心烦也，天下事均可作如是观矣。连日身体软弱不堪，白日思卧，晚间又难成寐。

十三日　阴　时有小雨　闷极　六月廿二日　星期五

早起，饭后至城内访刘桂轩、葛芝岩、李晓波，并嘱转交万炎午等诗稿。访刘庄祥，告以师范学院事。访佘子祥谈甚久，就其寓午饭，已下午三时矣。访蔡朴周，四时过大桥，足力已软而难行，勉强向前提神自振，到寓已黄昏，疲甚。教厅来函，约梦闲谈话，黄仲恂之荐与钱云阶生效欤？人情大抵如此耳。晚十一时寝后，似伤风鼻涕出，极难过，起数次。

十四日　阴晴不定　闷热　六月廿三日　星期六

早起。饭后至省府探问各事，午后四时归。晚写信二件，誊写学生考试及临时作文分数毕，已十二时矣。自前月省府与长官部奉令，所宣告民众之钟点系照素来钟点提前一小时，例如正午十二点，即从前之十一点也，夜十二时即予从前就寝之十一时也。中央为抗战亲欧美计，是不能不有以媚之，此真所谓用夷变夏者，痛心哉。转钟一时寝。今夕梦闲、定儿俱回寓。

十五日　晴热极　六月廿四日　星期日

晏起，疲甚，足软未出门，时时小睡一时许。傍晚室内蚊已起，似不能作事也。勉强写朱敬、朱新民函，为梦闲事也。晚十二时寝，不成寐。

十六日　晴热　六月廿五日　星期一

早起，至七里坪。今日场期，物价仅包谷稍跌；米价好者每斤百十元；布匹青洋布宽二尺馀，松而劣者，每尺四百八十元；鸡蛋每枚廿元；各物仍涨。闻来凤因修飞机场增工人约五十万，物价较此地又增一倍。闻熊洗铭、边清辰云，美空军在该县飞机场附近乡间，时时调戏青年妇女及侮辱诸事。噫，国力不强，靠英美帮助抗战，忍辱之事已数见不鲜，奈之何哉。午后邮务管理局胡姓差长，为军邮职员李用奂来对保单，予留之坐谈一小时方去。胡系卅年离武汉来施，述敌陷武汉后事极详，逐一言当时做伪组织诸人，与予在宜昌行署所得之情报同。晚馁甚，食面一碗。十一时半寝。

十七日　早雨一阵　阴　午后晴热　六月廿六日　星期二

早闻雨声，予起后有风数阵。饭后往县志馆，问院中考试情形，志纯告予各事。正午至院，下午一时半，予往七、六、三各教室，均有人招呼，略与李、黎、饶诸人周旋数语即出。盖学生满坐，天气又热，室内气味极大，茶水俱无。院中日日言卫生言改良，此将何以自解欤？古人云，卑之勿甚高论，论当今之世可行也。今人每得一独立机关事即唱高调，大言不惭，作自欺欺人之语，其结果即鄙俗，所谓买空卖空不兑现而已，此其可鄙者也。四时归，饭后写复各处函。

十八日　晴热　午后四时阵雨　六月廿七日　星期三

早起。饭后欲午睡，程明善之父来买布，以蓝洋布一丈六尺，青市布一丈五尺让与之，共价一万二千七百元，已付现五千七百元，下欠七千，约以阴历廿三赶场来付云。昨夕未写竣函，今午一律发出，计宋济贤、孙稚屏、袁次璋、张国魂、黎子玉、佘子祥、刘庄祥、刘石逸等，或致或复，均有时间性之要求者也。傍晚剃头一次，晚八时剪脚爪，十一时寝。

十九日　阴晴不定　小雨　过子以后大雨如注　六月廿八日　星期四

早起。饭后写信二件。连日心烦意乱，妻不贤、子不孝，西迁七载，七事为累。去今两年收入较多，似可不着急操心矣，而寓中每每以琐碎触予怄气不能止。每念及孟夫人在日，予之一切生活无不顺心适意，伤心哉。计孟夫人卒已十一年，予固时时未忘其昔时情义也。晚十二时寝。

二十日　雨　午后四时大风雨　六月廿九日　星期五

五时起，昨夕睡迟，又展转难寐。今日院中三教室考学生，系予监试。六时半吃饭，不能下咽，匆匆出门至师院。初次考试号音方罢，距予监视时间尚早，至大礼堂取题目，九时半到三教室，十一时已毕试。因周菊村约谭图书馆书案调解事，予约以在包宅九一叙。十二时到包宅吃午饭，候至下午二时半菊村方来，与之言扼要者别去。予至陶季贤寓略谈，并约饶校文来，问辛亥起义时鄂军大都督木印确为费振华所刻。费于起义后亦未任何要职，反不如胡济苍辈得以趋奉李春萱居要津也。人有巧拙沉默狡黠，行时与否，视其技耳，可叹！可笑！与饶、陶谈竣，出门暴风雨骤至，不得已至马路旁一熟食店食包子四枚，俟雨小，缓行到寓，已六时矣，衣履俱湿。饭后疲甚即卧，至转钟三时醒，起视时计，饮茶一杯再寝，多杂梦。

廿一日 晴 六月卅日 星期六

八时半起，十时饭毕。今日院中教育系毕业生行毕业礼筵，请当地各机关长官，并院中各专兼任教授、讲师等，大约当局必有一番空头好听演讲辞。各机关致词、学生答词刻板的虚套话，予向来鄙弃之。即前十年当主人时，亦不注意于此世俗所谓"卖膏药"，所谓"不兑现"之语也。今日当然不去，盖见熟人无话说，免此一番麻烦耳。午后写信二件。傍晚万内子因事被予詈骂一次，怄气甚，晚间致不能作事。寝后梦孟夫人坐予床侧，似在鄂城居宅者，夫人来慰借，谓君明晨欲往汉，似不可带被卧也，彼将登床，予遂醒。

廿二日 阴晴不定 晚雨 七月一日 星期日

早起。饭后未作事，心烦甚，时时小睡亦不能安。午后二时夏味民来，持夏赋初函，谓下季欲考师院，托予旁说。彼询迟生读书事，予一一告之去。晚间梦闲、定生俱回寓。晚阅杂书，十一时寝。迟生今晚进城去。

廿三日　晴　甚热　午后四时半大雨如注　七月二日星期一

早起，疲甚。饭后至省府索米不可得，连日向各处借米无应者，盖各家均缺米也。合作社所司何事，公务员之福利何在耶？至分配所购柴条子。正午归，汗出如渖，行路足亦无力，予真畏天热行路难也。到寓愈疲，饭后小睡。陈老叟送洋来，尚欠五百廿元，又为其子买去蓝布一匹，价四千元，此布予五年前在嵎售出者仅三十元，其质较此为佳，且宽矣，陈未付价去。予今春以三千三百元购之者，因仆求遂予之。晚十二时寝。

民国三十四年（1945年）　五月

廿四日　晴热甚　午后六时大风雨　雷呈骇人之状约一时止　七月三日　星期二

早起，以昨收府函退王秘书长，到后又接一函，均请拟电文稿四通，又宣传文一件，省府秘书九人不作应酬文，编辑室十人不作宣传文，而必欲予时时为之代作。此类文前系请包贡九，闻贡九近日拒绝之。前日请予代主席复梁师长唁电并挽联，予以久未代作勉为应之。今乃来此，数事相迫促，气甚，须自往理论也。王见予，遂以和霭之态度申谢，谓将有长大之诗文请费神云云。正午回寓，王尚白，前一师范学生，已廿年未见面者，自云近在建设厅任职，请予证明其在一师毕业，就表上盖章填之，留便饭去。午后三时，省府二科又送急函来，阅之，仍请予为电文数事。盖昨系编辑室来函，现改由二科来函也，未收其函，给条与传达原班带回去，殊为可怪矣。晚大风，雷雨震屋可骇，约一时止。予目似有病，十二时寝。

廿五日　晴热　午后三时大风　南方阵雨　晚转钟时大雨　七月四日　星期三

五时起，六时吃饭一小碗。八时半出门至师院，阅学生期考卷，午后二时毕。至新庐食稀饭半碗，因院中午餐未饱也。便至县志馆谈甚久出，四时带同定生回寓。饭后小睡，八时半起，自制食饼，食毕，以疲倦遂寝。今日始闻蝉声。

廿六日　雨　十一时至午后二时大雨如注　七月五日　星期四

七时起，八时半吃饭，因拟早入城开同乡会也。杨霖之子名启道。来寓，求为其父写荐信，写毕留之便饭去。启道在七高毕业已二年，今欲至渝考大学。连日所感触，回思长子根生，死于宜昌已七年矣，设其在世，大学早已卒业矣。今则迟生不听教训，幼子定生仅九岁。予年齿俱衰，居施南六年，并未享愉快之一日。在宜昌年馀，所处之境及为溃兵劫掠，其困苦尤为人所难受，其所谓生不逢辰也。□正出门里许，大雨骤，至舞阳坝时雨尤大，在一秤店歇息一时许，而雨不止。到子祥寓略坐谈，雨止。与同至东门民享社开同乡会，决议津贴。此地学生之困窘者，大学学生每年二千元，高中每人一千二百元，初中六百元。此月廿二日星期日，开大会再募捐款，子祥与黎子玉、陈肖祖、严克勤均热心公益者也。五时饭毕，予与贺伯铭同回到寓，力疲。着钉鞋冒雨行廿馀里，设非为同乡事，予决不往也。吾乡人见权利必趋之，闻义务必避之，今日不到会之理监事皆此等人也，可笑可鄙矣。晚十时寝，疲乏足软，寝亦不安。

廿七日　早四时大雨　午后阴晴　晚十一时以后大雨达旦　七月六日　星期五

早起，以足力疲未出门。写信三件至宋、孙诸人，忆及即书也。晚间又欲写复各处函，目欲合，手不愿提笔，老境侵寻致，心欲作之事而手不能应之。予在四十岁之前，每作一事，计时可成，今乃颓唐如此耶。十一时寝。

廿八日　早雨　午后二时晴热甚　晚七时又大风雨　七月七日　星期六

早起。饭后补作鲁鲁山请画之长条一件，前月已作其半中止者，约二小时补成之，彼属为《中秋待月图》者也。去年中秋鲁山约予与凤喈、贡九、志纯等宴会，分均作待月，乃竟夕大雨如注，直至天明，与题旨大背矣。予去年作诗，直言无月，而贡九、豫生辈必说有月，且述月如何圆，如何光明。噫！此所谓颠倒黑白者耶。画成必题数行说此事，予有日记在，岂可一例无是非乎？文人为人所不重视者，以无其是非曲直也。鲁山有子，去年中秋周岁，初均不知，后陈豫生、包贡九致改已成之作，加以鲁山为其子作周岁。当时座中分均作待月诗，并未提出小儿晬盘之事，勿乃画蛇添足欤？此孔子所以耻足恭也。晚十一时寝。

廿九日　早雨　晴热极　晚大风　小雨一次　七月八日星期日

早起。饭后为鲁鲁山补画已成，又为王哲、崔祥珩等补画件一一毕，事至黄昏，欲写款，以目朦遂止。晚改鲁山题句，辨明予有日记在，则去年中秋大雨至次日，不能如包贡九作诗，乃竟写月圆月色佳也。十二时乃寝。

六月

初一日 晴 酷热 晚大风 七月九日 星期一 己卯 土 张

早起，昨夜睡不安枕，鼠嚼物声，愈不能寝。七时饭毕，八时带同程仆至师院还予所借各书，仅《词源》二本因李少白不肯定答复，又未具正式收据，予决不交之，且徐声和欠薪及津贴亦未取得，予此书借之徐君，具条于徐，于现在师范无关，须王治焯辈清理，予有记账未消，更与彼无关也。至办公厅，取得五、六两月部补米贷金共一万元，大约以后每贷金月可发万元也，与邮局人员较之，月尚差五千馀元。至省府买米油票，值其下班，不可得，乃归，汗出如浆。晚饭后大风一阵，略改凉。十时遂寝，疲乏甚。

初二日　晴　雨　闷热　七月十日　星期二

九时起,疲倦足软。饭后将各画件补就,为鲁鲁山书画题款已毕,馀如刘明之、汪序初等字画亦办齐,明后天当饬人送去。晚十一时寝。

初三日　晴　时有阵雨　闷热　晚大雨一阵　七月十一日　星期三

早起。饭毕匆匆出门,至舞阳坝马路逢大雨,小驻树下,入城时太阳甚烈。至锦文笔店,知刘桂轩今晨已行矣。至福音堂访李司铎鸣琴,谈一时许,与同至万炎午寓中,坐谈半时,由李司铎引予至中美照像馆,照一寸半身像,闻该馆唐姓技术精且系天主教中人也,给洋一千元与之,嘱印四。彼原不欲予付价。从前为予照一寸小像之品真馆,技术不佳,系同乡,彼未收予像价,予亦未便请其再照也。至县政府会谢县长不遇,访秘书亦不在府,可想见其政治矣。访葛芝岩，谈甚久并以迟生事详托之。访锺贞淑女士，谈片刻。至农民银行探赵振之，闻已调贵阳矣。王文旆未随农民银行西迁，至失其资格，可惜也。遇刘芝蕃，彼在该行已守六年，今日待遇甚高云。至警备司令部访周北翔，闻已来此充参谋长三月矣，少将阶级矣。约刘守志一谈，彼仍为中校法官。噫！人之敏捷迟钝固属生成，然无人提携终不能进展。今日观周、刘、锺三人过去事实与现在位置，可慨也哉。回至洗爵溪新庐，疲甚，食稀饭一碗，衣裤汗湿如新在浣盆者。予性畏热，今日行路太多，以后入伏更热。正午似不宜行路，须注意戒之。晚归仍食稀饭，十时即寝。

初四日　阴晴不定　时有小雨　七月十二日　星期四

早起。饭后着长纱衫，此衫西迁后置箱中，颜色为他物所毁，不着而丝品虑腐也。先至张百熙、包贡九寓坐谈，因西方云沉，惧雨至也。未几又晴，遂至鲁鲁山处谈甚久，并面交其今春所托书联及画件。鲁山世情甚熟，曾为浙省府主席秘书长者，其诗文字俱佳，出门送予约一里乃返。至财厅托贺采庭写一介绍函与熊裕,为梦闲事也。今日途中两次遇雨,晚归疲甚,汗出,食稀饭。九时写信二件,十一时寝。

初五日 阴 九时以后大雨 七月十三日 星期五

早起。饭后因雨不能出门,写信分致刘慕曾、于萱征、李震苍、谭叔隆、王哲、蒋立庵、王一鸥等询问各事,嘱老程发出。午后三时汪益三鄂城人。自建始龙潭坪为刘明之送电报及信来,盖夏赋初转到伯阳自鄂东来电也,当给复函与之去。晚间写信稿四件,又致龙惠东一函,并以诗词油印本三册与之,明日当饬人送诗并转交。今日寓旁有蝉声,又届盛夏。予尚未归,思之怅然。

初六日 雨 阴 晴 今日为六月六 七月十四日 星期六

早起。饭后补写各画上下款。闻师范已发补薪,嘱内子代取之。晚补写油印《偶忆集》《思迁集》未印完之诗稿,十一时寝。

初七日　阴雨　午后四时晴热　晚有星月　入夜转钟时大雨如注　七月十五日　星期日

早起。饭后写信二件。寓中左右两月来时闻鸠声,古人所谓鸠唤雨者,相信以故。近两月中多雨,然则陆放翁所谓"山路秋晴鸠妇喜"者何解耶?晚录题胡玉斋所著《六十谈往》题词六绝句,预备油印后再寄之,十二时寝。

初八日　上午三时大雨如注　九时晴热　正午又大雨如注　七月十六日　星期一

早起。昨晨至暮胸隔不能食,且时作呕。天气不正,体弱者容易生病。自五月初一起至今卅七日,晴者仅十一日,湿气大生,室内沉郁,尤难过,鄂西人能受之,吾侪不能耐也。前日陈季明来函,谓宜昌瘟疫流行,死亡相

民国三十四年（1945年）　六月

继，可见鄂西人近来亦不能受矣。

初九日　早晴　午后一时阵雨五次　晚八时以后大雨如注　至次日未止　七月十七日　星期二

早起。至教育厅会朱新民，至建厅会黄云古，至省立医院会杨光第。十二时回寓，热甚，程仆私回家去，已约送余保诚信不能送出。饭后小睡，二时起，自是大雨四五次。晚八时大雨如注，天气沉郁，窗外臭气极重，殊难闻也。此屋东惟利是图者，不可与言清洁卫生也。晚九时复大雨，十时半寝，思过去未来事心烦意乱，竟不成寐。大雨声未歇，转钟三时雨声粗猛，平地水声震耳。予来施数年，竟未闻此□注雨声之久也，一夜难安。

初十日　早大雨　午后四时晴　七月十八日　星期三

十时起，因昨寝不安补渴睡也。饭后至洗爵溪草庐，问梦闲各事。程仆昨私回家去，今日未有人买菜送信，须予诸事自理。与胡、毕、陈诸人在县志馆谈甚久。报载美机连日大炸敌国本土，又以巨舰队轰击之，倭寇竟不抵抗，勿乃报应之速欤？吾国七年来受倭寇蹂躏，设非美国报复之，真所谓无天理矣。阅之快然。张圣知为予派送《武汉日报》，仅得一张，自是并未送来，未免滑稽矣。五时回寓，晚间写信三件，十二时寝。

十一日　晴热　七月十九日　星期四

早起。食稀饭二碗。进城会锦文、刘桂轩之侄探信，云湘中无人来施。至照像馆取像，比较前次照者稍佳，并将梦闲底片交其再印。遇李定馀，坚约至其寓吃饭，饭后访李晓园，座中遇新任豫鄂直接税局长程起陆，号之屏，黄冈人，为夏玉泉之甥。新自渝来接事者，与谈殷子衡事。程为殷之学生云。与晓园谈一时许出，回寓行二小时乃达，天气热甚，足力不健，奈何。饭后补抄各诗，预备续印，只留廿份作底，为将来翻印铅字之用。写致赖信荣函，十二时寝。

民国三十四年（1945年）　六月

十二日　晴　酷热　今日初伏　七月二十日　星期五

早起。饭后至杨光第住宅，与之谈半小时出。今日热甚，回寓后写刘晓庶、张泽君、阎任之信。晚十二时寝。

十三日　晴　酷热　七月廿一日　星期六

早起，至省府并发快信二件，一复怀冰，一致千俊，贺其任湘省府秘书长也。荐周派人来请，谓胡凤喈寿辰。予知其为本月十四，不知何以改期也。下午二时去，乃知李晓园在其家讲佛经。予与校文未听，且向未观佛经，不敢自欺也。五时半席散，予先归，未作事，十二时寝。

十四日　晴　极热　七月廿二日　星期日

早起。鲁鲁山来谈一时半去，并送诗二首，谢予为彼作字画者也。十时饭毕,带同定生往城内开同乡会,途行停二次,天热如蒸,挥汗如雨。开会毕,与定生买书,寻数家不得,至锦文问信,并取洋笔,洋一千元。访程之屏、张圣知均未遇,在赵子卿家略坐,在龙诗樵馆中取得学生字典归。过贡九寓再谈各事,遇胡子眷在座,送定生回洗爵溪。今日途中受热,到寓洗澡一次。饭后补写日记,十一时寝。

十五日 晴 酷热 午后五时大风 约半时止 七月廿三日 星期一

早起,至省府为雇工人事,不得要领,程仆回去不来,亦无信息,殊可恨也。其父尚欠洋五百廿元,板炭廿斤,此地人无良心,诸事不可以情感也。午后三时王钧鼎来,予细问鄂城各事。彼欲考师范学院,虑不能取,乞为帮助云,留之饭去。晚因大风后气候稍凉,十二时寝。

民国三十四年（1945年） 六月

十六日 晴 酷热 七月廿四日 星期二

早起，至省府为请雇工事，高先生已代作函催问，请冯股长代挑米至洗爵，闻梦闲已回寓。就县志馆吃饭，与各友好谈甚久。在师范学院取得七月份薪水、研究费，并未增加，据云无公事不便发也。今日奇热，头晕闷。行路极苦，汗出如浆。四时半归，晚改正油印诗稿错落之字。十二时寝后起数次，不安适也。今日汇款二千元与窦衡之，汇二千元与鲁伏生。

十七日 晴 酷热 七月廿五日 星期三

早起，倦甚。足软，今日拟不出外。饭后阳光甚烈，室外奇热难受，与武汉盛暑时情状同。午后林均中来，留便饭去。晚未作事。

十八日　晴　酷热　七月廿六日　星期四

早起，至姜文山处为挑柴事，请其雇工人挑寓，每斤一元，计三百五十元。又请惠质夫换米，明日有米无人挑回，程明善已逃十日矣。此地人无良心，那可再说。至省府为请人事，不得要领。午后归，汗出如浆，途中头晕至不可耐。到寓洗澡，小睡一时许。刘迪轩自益阳来述各事，益阳尚有敌人甚多云。晚间写信分寄梅先霖、徐秋农、孟庆纬兄弟、张重心、刘慕曾，答复各事也，写至十二时乃寝。

十九日　晴　酷热　午后三时半阵雨二次　七月廿七日　星期五

早起，出门行一里馀折回，因姜文山派工人挑柴相遇，遂道之来，给三百五十元去，此事感激文山。饭后欲再出，因酷热不敢行，又候程仆之父来说话，但候至下午四时不见来，此叟亦可恨也。万内子偶因小事又令予怄气，彼愚蠢无知，年已六十，殊不懂世事者，予屡教道之终不听，真冤孽矣。五时写复各处函，计程之屏、刘荣焌、张圣知、熊洗铭、李鸣琴、云海霞、范瀛槎、明敬庵等，并各附《六十谈往》题词稿，俾渠等明了辛亥起义武昌城中一段信史也。

二十日　雨　晚晴　晚十时警报　十一时解除　七月廿八日　星期六

早起，饭后为宋济贤、孙稚屏补作字画条幅等件。晚写信四件。十时忽闻警报大作，十一时解除后遂寝。

廿一日　晴热　七月廿九日　星期日

早起，今日拟外出，又畏热遂止，补作昨日未竣之画。闻昨日警报非敌机，乃美机往渝者也。为房子事进城一次，归途受热。

廿二日　晴热　有阵雨　七月卅日　星期一

迟起。饭后往省府购物,带同新来工役去。午后归,热不可耐。晚间未作事,十一时寝。

廿三日　晴热甚　七月卅一日　星期二

早起。饭后往省府并进城一次,热甚,在新庐休息半天。往县志馆谈各事,晚归,写复各处信件至十二时寝。

廿四日　晴热　八月一日　星期三

早起,饭后至府取得各处函件,武昌孙寿山来函一个月即到,亦未检查。函云保安门房子仍完好,伪政府不准拆毁房屋,以防居民回来云云。噫！伪政府见日寇垂败,欲见好于未走之民耶。杨霖寄到兴山香菌一包。今日汇款二千元与鲁坚，予不受其葛粉、香菌等物为赠者也。

廿五日 晴 酷热 八月二日 星期四

早起。今日图书馆约开结束清书会议，用罗贡华名义。予已三次谢绝，未清书，今日为严善明考升高中事，拟托参议会周、杨诸人为之写一函也。途过包贡九寓，沿途有公务员站队集合，知孙连仲长官今日乘机赴渝，遂在包宅坐谈二小时，孙过去，予乃至馆开会。会毕为严世兄共写一嘱托函与何校长，求其关照立三先生之子，大约无甚问题。

廿六日 晴热甚 八月三日 星期五

早起，饭后又补作画件，写条对等等，至下午五时半毕。今日写画过多，手软目炫矣。事不平时细细为之，而集于一旦，猛力以赴，虽成功而佳者甚少矣。晚间更疲，十一时寝。

廿七日　晴阴不定　热甚　八月四日　星期六

早起，饭后又作字屏对六件、补兰花五件并写款，准备分寄各处。孙稚屏来信，谓已由渝省银行汇款一万元，为予补祝寿辰之礼。此人尚知礼节，前年汇款济予，彼并未上予课，仅与宋济贤、朱士堪为朋友，认为晴川中学一系者也。晚早寝。

廿八日　阴晴不定　八月五日　星期日

早起。午后外出一次，阅报敌人已有败势，美机迭次大量轰炸，盟舰已迫近日本海，可炮击其本土也。晚未作事。

廿九日　晴热　八月六日　星期一

早起，至省府探听各事，午后阅报，美舰迫近敌海。

皖境我军攻下含山，江西吉水收复。敌人势愈弱，盟军攻愈急。中国欲求胜利，希望盟军而已，自身太差，而内部共党又乘势而动，将来即胜利此问题不先决亦大可虑之事也。补画各件已成，明日当分别寄出。晚洗澡后外出，独自至前山一览，八时归。

卅日　晴热　八月七日　星期二

今日未作事，在家休息。午后检纸作画三件未成也。闻自渝归者言，我军有准备反攻机会，姑妄听之而已。

七月

初一日　晴热　今日三秋　八月八日　星期三　己酉

早起,至省府,午后方归。阅报,盟机六百架袭日本本土。此一月来盟机袭敌,未见敌有抵抗,可见其败象矣。敌人从前对中国轰炸未见如此之烈,而中国人难受。盟机今日袭敌,敌国如何受之耶?天道好环,无往不复,报应二字可畏哉。晚阅杂书,十二时寝。

初二日　晴热　有阵雨　八月九日　星期四

早起。饭后至省府,午后归。阅报,宋子文带同王世杰等赴苏俄商国事,或者苏与日本空战耶。又载昨日美机以原子弹一枚炸广岛,敌人死十馀万人,因原子弹一枚等于二千架巨机也，此即德国从前所谓秘密武器未研成功者，而美国竟成功且试用之有效矣。此弹如再投几枚于东京，日本可投降矣。晚写复各处函五件，备明日发出。

初三日　晴热　八月十日　星期五

早起。饭后至府探信，苏俄已正式对日宣战，美国大喜云。阅报，盟机三千架袭日本本土，又投原子弹一枚于长崎，预计死伤大约五十馀万，因昨日投广岛，敌国死亡数逾十万也。日寇对吾国前三年轰炸威胁，观于此则报应加十倍矣。古人所谓好战必亡者也，闻之欢甚，施城放炮竹者极多。

初四日　晴热　有阵雨　八月十一日　星期六

早起。午后阅报，日本政府决定无条件投降，求盟国予以接受，施城又放炮竹一次。予往省府及至好处一探真息乃归。苏军三路攻入东北，日寇惨败。苏欲报甲辰之仇，此际方出兵耶？或亦惧美之原子弹，今日始来加入空战耶？使苏俄于德国解决后对日宣战，何至如此耶。晚写信六件，十二时寝。

初五日　晴热　八月十二日　星期日

早起。连日为刘迪轩笔生意事心烦甚，如此变局又先垫去巨款，予等东归，川资受影响矣。阅报，日本已正式具牒文投降矣。回想民国四年，袁世凯欲称帝，日本以"二十一条"威胁之时，该国少壮军人尚得意乎，该国元老某于军阀侵中国时谓吞中国无异吞炸弹，真老诚之言也。省府决议先设武昌行署，不知武昌行署作何解，闻系设计委员及到会各机关所定名也。晚写信十件，十一时寝。

初六日　晴热　八月十三日　星期一

早起，往省府索米油等物。午后阅报并进城一次，今日消息，苏军仍进攻，日皇准备逊位。共党朱德突发布行动命令。接渝覆函多件，均未提及战事，在日寇未投降之前所发者也。怀冰、慕曾、千俊均有详复。晚写鄂城、武昌诸戚族有关予房子之信件，十二时寝。

初七日　晴热　有阵雨　八月十四日　星期二

早起。饭后至府问消息，对于职员眷属东下事尚未议及，何其迂回如此。阅报日寇投降尚未签字。今日为空军节，城内插旗，各机关代表酬空军中美人员。予与内子、定生入城，至李鸣琴处又遇万隆焜，知其与李晓波、刘九经俱调汉口矣。东下甚急，予以迪轩笔店一事心烦甚。晚归，写信毕，念及亡室孟夫人忌日又至，怏怏不安矣。

初八日　晴热　有阵雨　八月十五日　星期三

早起，公安学生程毅、李振国、徐仁定为师院事，持张耀先函来请补考事。饭后写信五件。晚间念及孟夫人生前事，增予心不安也，十二时寝。

初九日　晴热　午后四时大雨　八月十六日　星期四

早起，带同瞿仆买菜，向省府取油，遇包贡九、陶季贤谈各事。午后三时至府，因王原一约谈话，至则请予代作收复武汉布告文。予以有秘书，又有设计委员，不便代庖，辞之。贡九在坐，无一语，嗣以共同酌办商讨之辞出。平时不与参顾诸人联络，至秘书不能为者，欲予为之，礼貌太差。秘书及设计委员薪水优不做事，何耶？晚归心烦意乱，今日为孟夫人忌日，亦未烧楮供奉，念癸酉在黄冈文昌宫时情状，心痛矣。

初十日　晴热甚　八月十七日　星期五

早起，欲雨。出门外，雨至，又换皮鞋。至城内与迪轩、李鸣琴、万隆焜晤，为锦文写招牌等等，便访葛芝岩、程之屏。午后五时回寓，途中大风，似有雨来，急行到寓。晚写孙寿山、胡贵堂、朱茂林、张文庆等六快函，至十二时寝。

十一日　晴热　八月十八日　星期六

早起，至省府包宅，晤及毕斗山。欲访滕昆田，托以武昌房子事，以天热而腹馁遂回寓。曾宪熹谋湖北日报社事，持包贡九函来，乞写信荐与该社。杨启道来说各事，予给一函嘱其过建始时便仿刘石逸。晚十一时寝。

十二日　晴热　有阵雨二次　八月十九日　星期日

早起，有学生数人来，为考学校事求关照函件去。午后王伯彦来谈甚久去，便托其打电话催刘小涛来施。阅报日本尚未正式签字，我军仍接收各地，闻朱德通电反对，未能乐观，所以各地庆祝会尚未举行。四时具供祀祖烧包袱，草率甚，只有回乡再恭敬补祀祖先耳。晚十二时寝。

十三日　晴热甚　阵雨三次　八月二十日　星期一

早起。饭后至省府探问各事，至七里坪赶场。午后三时刘小涛已来寓，始知其确于初十日到施，住南门外电台，以足痛未即晤云云。晚间写复各处急件之函六封，备明日发出，十二时方寝。

十四日　晴热　阵雨甚大三次　八月廿一日　星期二

早起。今日问省府及分配所索米，俱未得，至城看笔店生意。会小涛，嘱其以电话告知石逸拨款。四时回寓，疲甚。至姜文山处，遇暴雨来，休息一小时乃归。晚写信三件，十二时寝，竟不成寐，若心中有何不了之事。然转钟二时忽闻雷声大震一时截然止矣，久听之，实未下雨也。

十五日　晴热甚　大暴风雨二次　平地水深三寸　八月廿二日　星期三

早起，饭后往林逸圣寓问各事，彼初归，渝方各要人亦不料日本投降也。此殆天意，亦原子弹有以促成之也。访滕昆田，托其先到武昌为予招呼房子事。至省府还借书，便问各事。四时回寓，饭后大暴风雨至矣，雷声震山谷，闻之骇人，平地水深三寸，约一小时乃已。晚未作事，梦闲归，十一时寝。

十六日　晴　极热　午后有阵雨　晚见月色　八月廿三日　星期四　今日处暑

早起。闻同住云，店子上与予寓相距半里许之谢姓二家，有五人一男一男孩一妇两女。被昨日雷殛死，伤谢姓三人，其一边三间屋已焚矣。其人在省银行充录事，一在鹤峰茶厂办事，宜都籍，有皮箱八口，又一家有箱子三，共有金手圈八枚,又首饰金大手圈三对云云,小孩为省行小学学生。以报应说其前生之过欤?中间一家以屠宰为业者,本地人,仅遭焚屋而其人均逃出。对门一家茅屋住,本地人,距仅四尺,其屋又未被焚。何也?触电为科学说法,报应为佛家说法。看者多人,皆未足以为定论,明日当往一看,因闻该屋尸身尚未挖出故也。饭后至省府探问各事,至包宅、姜文山处。今日候程仆竟未来,人之无良一至于此。晚寝后又时闻阵雨。

十七日　晴　极热　晚八时风雷云暗　阵雨在东北角
八月廿四日　星期五

早起。饭后往省府索米,往县志馆谈各事。往师院晤舒竣山、张春霆先生,各谈片刻。闻发八月份薪,往取之。又闻生活补助每月改为五千元,薪水加成为卅倍,均为五月起云云。四时归,八时天暗,似有大雨状。

民国三十四年（1945年）　七月

十八日　晴　极热如伏　八月廿五日　星期六

早起。饭后写信三件，写条子索油米等事。闻叶蓬已逃至鄂东行署，由李石樵来电省府云，伪军军长周平凡已逼省长叶鹏逃去，似有见好于当道。噫！叶之为人尚足道哉？是吴三桂、耿精忠之流也，据此武汉收复恐不易易。晚间又写二信，十一时寝。

十九日　晴热如伏　八月廿六日　星期日

早起。予以家事怄气，遂早出至县志馆略坐。与陈、陶诸人先至曲水洞张宅，今日聚餐三桌，研究曲水洞刻石留名事。新社员张昭麟必欲扩大之，做诗二首自书之，如酒杯口大。写作太差，以五千元请笃周代刻之。予与张春霆、沈碧舫、张干青诸人仅赞成各刻一姓名、籍贯于石上足矣，何用铺张，反为人讪笑耶！众同意，议遂定，昭麟是日亦未来。今日与会，旧社友仅饶校文未到，饶社长聘卿在重庆未回。聚餐费每人一千元,等于去年二百元,另出刻名费二千元。晚六时席散归家,复与梦闲怄气,咳!所谓蠢妻劣子,无法可制者也。

二十日　晴热　有阵雨　八月廿七日　星期一

早起。饭后往省府,闻汉□□□□逢尚在鄂东行署,宜沙亦均未收复。午后回寓,热甚。今日至县志馆并带同定生外出,身似受热矣。

廿一日　晴　极热　时有阵雨　八月廿八日　星期二

早起,至省府探信。至姜文山处,催换米条。至城内一次,返武汉期不能定,中央无款来省府,请求数目过大,大约须还价也。午后归。晚写信四件,十二时寝。

廿二日　晴　极热　阵雨三次　晚星斗明朗　八月廿九日　星期三

早起。饭后写信三件，皆寄前所谓沦陷区者。闻今日报载，毛泽东已飞渝，有美大使同行，大约中央对共党又改变和衷办法矣。吴国桢已调中宣部长云。

廿三日　晨猛雨一阵　午后晴热　又阵雨数次　八月卅日　星期四

早起。饭后至无线电台，晤杨霄民，云李石樵有电到府，明日可出发云，则料李今日可到汉耶，武汉可无其他纠纷矣。七里坪物价忽涨，鸡子每斤五百廿元，前日跌至二百八十元，其馀衣物、棉布等等俱涨矣。四时归，小睡二时许。晚写信二件，寄胡林徐健青，明日当发出。

廿四日　晴　时有阵雨　天极闷　八月卅一日　星期五

早起，饭后补画件、书件落款，备分交各乞画者。天热，阵雨时来，室内尤难受，王璈来谈复学事，留之饭去。晚间蚊多。

廿五日　阴晴　大雨数次　晚雨达旦　九月一日　星期六

早起。午后往省府探问各事，闻第一批人员尚未动身，宜昌今日我军接收日器械者已入城云。取包谷贷金。自七月份起，包谷每斤作价四十元。取回八月份全薪并窦先生夫马费一千二百元。访朱光祖问各事。三时忽大风雨，气候转寒四时回寓，途中又遇大雨，衣履俱湿免，饭后欲作事，以大雨气候转寒遂寝。梦与斗山、贡九、豫生买飞机票，乘飞机至某地，机刚停匆匆上去一小舱，各小轮中之设备一小方桌、四长凳而已。

民国三十四年（1945年）　七月

廿六日　早雨　晚晴　九月二日　星期日

早起，写信二件，寄画条与周鸣皋，彼求此已三年矣，表扬其父幼门殉难事，其志可嘉。予乐为画之，并题古风一首，中多警句。此则前一夕所成者，不假思索，一小时已成之，仅改三五字耳，晚九时半诗成。十一时寝。

廿七日　晴　九月三日　星期一

早起，至省府途中闻炮声、警钟声。行一里许遇舒畅，知省府各机关均放假开庆祝大会。予遂至城中晤子祥、汪成炳，锦文笔店葛芝岩处略坐，谈问情形。傍晚归，十一时寝前嘱家人准备明日酒菜等等。

廿八日　晴燥　九月四日　星期二

早起。饭后至省府问各事，取得周淬成来信，六月廿日所发也，述其女婚事，予今春已有函明提此事者也。午后一时自往邮局发信，三时至洗爵溪住宅，约凤喈、志纯、斗山、笃周、豫生、逸麈吃饭，干青未到馆，亦不便着人至城催请也，四时半开席，六时席散回寓。晚未作事，十一时寝。今日殷子衡来寓谈甚久。

廿九日　晴燥　九月五日　星期三

早起。寒甚，连日虽晴，早晚可着夹衣，此地气候变换如此，土著者安之，予等鄂东人颇难受也。饭后至省府各处，探讯何时东下，省府实无确切答复，只日日开会而已。午后写信二件。十二时寝。

八月

初一日 晴燥 戊寅 土 角 破 九月六日 星期四

早起。饭后到府问各事。午后至城锦文笔店问各事。三时半至省银行办事处，因殷子衡先生约晚餐也。予先到，与谈辛亥过去各事，又彼于丙午冬为日知会被牵入狱，及受种种酷刑坐黑狱事。前清压力重，视汉人欲谋光复者必置死地而后已。汉族为满官者对言革命尤痛恨，必多方罗织以冤杀之。是狱也，王士卫对子衡极穷治，冯启钧、梁节庵均殷日记中叙述所痛恨者也。今日子衡请客特别丰盛，计价总在万五千元，或者系其徒与婿程起陆、欧阳煊分摊欤？子衡无多钱也。同席者孔团长、董总队长，六战区长官部中人，俱江苏籍，馀为胡庆生、蒋立、杨卫生处长、黄浦生。熊分行长，黄陂人。皆前圣约瑟中学生，程起陆、欧阳煊连予与子衡共十人，席罢已八时。与立同至锦文取灯，嘱二人送予回寓。行走错误叉路者二次，乡间所谓大路，予每晚行必误，甚哉，夜饭不可晚归也。

初二日　晴热　九月七日　星期五

早起。饭后到省府，午后归，今日秋阳甚烈。四时段家庆来云，昆田明后天即往武汉。晚间清理各事，为迪轩生意推销事，写信八件毕，已疲矣。今日为先叔森亭公忌日，戊戌至今已四十八年矣，予时在程私塾中读书，尚能忆及当时情状，思之黯然。

初三日　晴　九月八日　星期六

早起。饭后至府探问无多事，闻第二批人员快行矣。李石樵已到武昌，暂定水陆街四十六号为办事处云云。又武汉房屋甚贵，伪钞每千元仅抵法币一元，火食亦贵云云。晚未作事，十一时寝，疲甚。

民国三十四年（1945年）　八月

初四日　雨　寒　九月九日　星期日

晏起，倦甚。今日未出门，为刘九经、陈国苢写屏对，并补画件添款，午后四时乃毕。晚早寝。

初五日　阴　九月十日　星期一

早起。饭后至县志馆、师院、省府，又至城内锦文笔店。又晤葛芝岩，闻王主席明晨赴巴东转武汉，各厅长同行。又晤张春霆先生，舒连景告以师院近事。途遇袁次璋自渝来施考师院，述教部各事。四时回寓，足力已疲矣。

初六日　阴晴　夜雨　九月十一日　星期二

早起。饭后至省府，闻各厅长今日首途矣。省府对于各员如何发给旅费均未宣布，其办法究竟如何无从揣测也。午后归，晚写信四件。

初七日　阴小雨　午后晴　夜雨　九月十二日　星期三

早起。饭后清理《偶忆集》页子，分出卅本，又《西迁吟草》四十本，此则久未清理订成册者，去岁索此者颇多，无以应也，午后三时毕，头为之晕矣。晚饭后写致吴国桢、陈部长、张泽君、刘石逸、王安雪、邓实共六函，明日用快邮发出，十二时寝。

初八日　阴雨　晴　九月十三日　星期四

早起。梦闲持函往审计处，嘱带茶、葛仙米与鲁山，久置无用，不如人情也。晚清理文稿页子，共可订六十本，每本十一页，将来应带回武昌者，《偶忆集》《西迁吟草》《词钞》《文稿》四种各十本足矣。此为前年印起者，费三年悠久之心血与印写诸人之力乃成之。抗战艰苦中成此，不能谓之无恒矣。《六十自寿诗》今夕亦改定，第三首欠第三联，仍不惬意，暂不能付印也。

初九日　晴热　九月十四日　星期五

早起。饭后至省府探问各事，闻省府前站人员已到武汉矣。共产党情形言人人殊，毛泽东在渝尚无如何表见。午后阅报，俱系日本投降指定在各地举行仪式等等，日本亦有今日耶！所谓板原、东条等军阀尚在人间，该国元老派或有存者。噫！天道好环如此，各穷兵黩武之国可鉴已。晚十一时寝。

初十日　晴热　九月十五日　星期六

早起，至省府并往城内锦文，送去填还李神父之款三万四千七百元，由刘迪轩同往取字，梦闲所借也。傍晚归，疲甚。

十一日　晴热　九月十六日　星期日

早起,至省府。至师范学院晤舒峻山问各事。晤张春老,云新来教授五人,又添饶校文补包贡九缺,至何日开课则不能定。校址有迁江陵之说,如成议,学生、教员均不愿也。晚补作未了之事。连日筹备东下诸事,卖去衣物已近三万元,不能带之物将来送此地友朋而已。

十二日　晴热　九月十七日　星期一

早起。饭后补作未竣各画,择一二件送胡凤啮、张干青,明日再补成数件,下午四时方毕。晚姜文山亲带工役送米来,可感也。

十三日　晴热　月色佳　九月十八日　星期二

早起。饭后至省府。今日检出各件，嘱人至坪去卖。午后又补画数件已成功。晚补诗稿，寝后疲甚。

十四日　晴热　九月十九日　星期三

早起，倦甚。午后补画二件，纸不佳，将存颜色用去，留久不合用，且武汉以后书画用品价廉而货多也。傍晚接胡太辅自黄冈其子队中来函，谓予存胡二林物件，今年四月初遭敌人到湾搜洗一次，已损失殆尽，其函语略。俟去函胡林询之，但事隔数月，彼又云四月已离开胡林，但鄂东信通，彼何以六月二日方发函耶？

十五日　晴热　晚月形不圆　九月二十日　星期四

早起。段家庆来谈，送月饼一包去。今早梦闲带同定生往王伯彦家中去。正午至省府，午后一时到鲁鲁山处，三时客俱来。同席者胡凤喈、傅轶麈、豫生，为去年同席旧人，馀为张翮、贺、姚，为新约者也。今日志纯、贡九未至，问之，鲁山未请也，不知何故。今日席间有熊掌，馀菜与去岁同丰盛，四时半席散。予归寓衣汗湿，节过秋分，其热未减。晚见月光不圆，如十四夜情状，未必阴历推算有差欤？

十六日　晴热　九月廿一日　星期五

早起。饭后至省府。午后一时至师院，张先生约国文系教员商议派课表事，新来教授程砚秋、南昌人。周某、荆门人。杨某。武昌人。备有酒肴甚丰，惜今日无包贡九在座耳，新添饶校文教国文。傍晚归。今夕月乃圆。九时清理各事，十二时寝。

十七日　晴热　燥　九月廿二日　星期六

早起。饭后到省府并往各处访问复员事，归寓疲甚，手足俱软，似受热矣，思睡。孔子英之妻来为其子求信札，嗣袁次璋来亦求信札，均为考武大惧不能取也。写毕，予吃饭即寝。转钟一时腹涨甚，胸膈极难过，乃起大泄。略松又寝，则不成寐，极不安。

十八日　阴晴不定　晚九时雨　今日秋分节　九月廿三日　星期日

早起，腹仍泄。十时天极闷，似有雨状。十一时刘九经同严某葛店人。来，留之饭去。严并为其乞介绍函二件，亦考大学惧不取也。晚小雨，八时以后雨未停。闻今夕长官部车子集合，陈豫生眷属已行，梦闲归述如此，予未敢信也。

十九日　阴晴不定　晚大雨达旦　九月廿四日　星期一

早起，至省府探问，知长官部各眷属已行者数车，省府建厅无船只、车子，木炭车更不完备。谭厅长早已逃至渝，近闻已下汉口矣，此等建设厅长，虽取巧，不知彼以后何以见人也。午后清理文诗各集自订之。心烦意乱，今夕为亡儿根生殁已七整年矣，其墓在宜昌北门外镇景山，今年如得舟便，须托机关公事轮带回武昌，转鄂城，计画如此，思之痛心。

二十日　阴　晚大雨如注　九月廿五日　星期二

早起。今日在寓清理文集已装订，又词稿缺一版，不知置于何所，或已作残书页烧之矣，仅检得十份，须带回武汉。晚间写信二件，十一时寝。

民国三十四年（1945年）　八月

廿一日　大雨　午后阴　晚又雨达旦　九月廿六日　星期三

早起。今晨六时大雷雨，雷声震棂有声如摇，平地水深数寸，嘱定生勿上学。午后一时至省府缴款二千元，西迁在施未离开省府各厅处之同仁约明日聚餐，照像以为纪念者也。在府坐谈一小时，至洗爵溪县志馆坐一时许。晚归阅杂书，准备下星期至院授课，十二时方寝。

廿二日　雨　九月廿七日　星期四

早起。饭后清理各事。午后二时着皮鞋至省府，旋至舞阳坝招待所，今日省府各厅处廿七年西迁、与主席同来而未转入他机关办事者仅七十馀人，照像毕聚餐，七时散席。予回时天已黑矣，晚写信二件，十二时寝。

廿三日　阴雨　九月廿八日　星期五

早起。午后清理书籍等件，写信寄武汉及鄂城。闻省府所派人员一时尚不能出发，巴东以下无轮船开行也。晚阅杂书，十二时寝。

廿四日　阴　晴热　九月廿九日　星期六

早起。饭后至省府问各事，闻张百熙云，渝开建襄轮到巴，下星期二可到，彼星期一即往武汉云。午后三时至师院取九月份薪贴各款归。此两月未开课，真得闲钱矣，然较予所得尤多者不知心中安否。师院办理不善，迟至今日新生尚未入堂，且无宿舍居住也。

民国三十四年（1945年）　八月

廿五日　雨　晚雨甚大　九月卅日　星期日

早起。刘迪轩来为生意及房子事谈了二小时，予厌听之。十一时张奇强来云，明后乘车到巴东搭船回汉，予托其带信与邓实、孙寿山、秦培鑫、胡舜生，并葛店熊学培转夏炳丞至胡林看情形，又面嘱各事去，张为人精干，此事可托也。晚大雨。

廿六日　雨　十月一日　星期一

早起。饭后至省府探信，无甚好消息，第一批人员原说上月廿四起程，以后则为一日，闻又改为四日，总之不可靠也。晚十一时寝。今日邮局大加价。

廿七日　晴热　十月二日　星期二

早起，写信二件。邮局加价自十月一日起，事前均无人知之。平信每封加九倍，挂号加十倍，快信加十二倍。交通部增此一批收入，云补三年来亏空云云，真好政策、好心肠也。平民发信每月三次，亦须六十元；三封挂号则二百四十元矣。今日已搬物件至洗爵溪，明日下课后可全搬去，此屋距师院近，食宿均方便也。十时写信二件，十一时寝。现在钟点自今日起已改迟，仍照从前时刻定之。

廿八日　晴热　十月三日　星期三

早起。饭后至师院上课。英语系谓课表有误，予以人数少，仅与学生闲话一堂即归。饭后向省府领薪水，此月已作七十倍加薪计算，并补上月份加成数得五万六千馀元。东归川资得此补助，较另筹为好。今晚迁洗爵溪宅宿。

廿九日　晴　阴　小雨　十月四日　星期四

早起，在寓略为整理。饭后至省府，午后五时回寓。晚与县志馆诸人闲谈，十时看杂书，十一时寝后多梦。

三十日　晴　晚小雨　十月五日　星期五

早起。饭后至省府，闻东下人员经费有变，渝方来电无款，财厅主张职员东下不带家眷，午后仍属开会云云。晚至县志馆谈天，十一时寝，疲甚，成寐后多梦。

九月

初一日　阴晴　戊申土氐闭　十月六日　星期六

早起，疲甚。午后至省府问昨日议决案，第一批公务员仍照定期东下。今日得鄂城洪英一函，系四月九日所发，十月四日到施，计程已半年矣，所说无甚紧要，茂林行为俟回县方知之。又接帅和甫、刘伯阳函。晚至县志馆一谈，九时归，阅杂书至十二时寝。

初二日　阴　时有小雨　十月七日　星期日

早起。饭后欲外出，以小雨中止。午后段家庆来谈半时去。晚至县志馆阅今日出版报，日寇缴械各地尚有未肃清者，其东京新阁组织以币原为首相，年七十三矣，币原于九一八不赞同日本君臣向中国侵略者也。晚十一时写信三件毕遂寝。

初三日　晴　十月八日　星期一

早起。今日至师院授课，上午二次回寓吃饭又去，下午二次授课，甚劳顿。晚至县志馆略谈时事一时许，归后看书至十二时寝。

初四日　晴　十月九日　星期二

早起。饭后至省府探信，闻武昌、汉口病人多，所染者为回归热，日寇未回者亦染此病，省府各机关先到之人，病者什之八九云云。今日师院请客四桌，予因下午有课不能不去，从前请予实未去，闻酒肴薄，演说过多，食亦不饱也。下午一时始开席，尚丰盛则出意料之外矣。四时吴良琛、丁友松、周北翔公请在中美俱乐部，候客久，迟至六时开席，席四桌，酒肴俱丰盛，估计每桌在万四千元之数。军官多，予认识者仅黄仲恂、王原一、佘子祥、王献谷数人耳。席未终，予虑晚归不妥，八时半与梦闲在锦文店借得灯笼，着老何同行到寓，汗湿内衣，十时遂寝。

初五日　晴　十月十日　星期三

早起。闻陈豫生昨晚已到土桥坝搭车，大约今晨可开车。午后嘱人将江汉子存物搬来，万内子迁住豫生所住之屋，减省两处开火用度。晚间写复函四件，分致孟庆瀛、帅和甫、张伯名、云海霞诸人。晚闻王世兄云，今日豫生坐车已开行矣。长官部竟有办法，省政府复员真无办法者也。十一时寝。

初六日　晴　十月十一日　星期四

早起，至土桥坝打听民厅车开行否，遇姜文山送其子上车，便托到武汉各事。交条毕，与文山至馆中食早点，至省府探问各事，午后方回。晚阅杂书，十一时寝。

初七日　晴　十月十二日　星期五

早起，至省府为窦衡之领款事，午后归。晚间清理各事，写信二件。今日收到阎任之函，述渝中各事，彼求为湘省县长，未做过县长者宜有是请也。又收到滕昆田自汉口来信，廿一日所发，述予保安门住宅尚完好，惟未寻得孙寿山，云汉口秦培鑫存予物件俱在，甚慰。今日到府二次，遇包贡九谈及各事。

初八日　晴　十月十三日　星期六

早起，至省府访问各事，午后归。晚阅杂书至十二时寝。

初九日　晴　十月十四日　星期日

早起。饭后欲出门，适张笃周送请柬来，谓重九登高仍在彼寓中，添张春霆社长名义，不作聚餐请帖也。午后一时去，三时半开席，外客仅王原一秘监一人，馀均汉声诗友也。饶聘卿在渝未归，沈碧舫已回武昌，诗社从此结束。五时归，晚间梦闲方回，彼入城算账、收回货物，笔墨作价，石逸、炎午名下应分之件亦取归。今秋惹此麻烦，劳神怄气，则炎武来寓促成之也。

初十日　晴　晚十时小雨　十月十五日　星期一

早起，至师院上课，国文系应用文。午饭回寓食毕又去理化系国文，四时半方归。晚饭毕，闻王茂先归，访问各事，谈一小时，又与凤喈谈二时许。归阅杂书，十一时寝。

十一日 雨 十月十六日 星期二

早起。午后至师院授课,四时半回寓。晚阅杂书,清理杂件。

十二日 雨 阴 十月十七日 星期三

早起。饭后至师院授课,午正即归。晚写致鄂城魏县长函,阅杂书至十二时寝。

十三日 晴 晚月色大佳 十月十八日 星期四

早起,至省府探问各事,迟生明日可先回汉,同该会职员带文卷行,予带至省府与崔、朱诸职员见面。五时归,行路多,疲甚。

十四日　晴　晚月色大佳　十月十九日　星期五

早起,至省府向王科长借迟生名下旅费。晚间阅杂书。胡凤喈已病,抬入医院,老年人多饮酒至触其抽筋旧疾,殊以为苦矣。

十五日　晴　月色如银　十月二十日　星期六

早起。今日入城一次,匆匆即回。见各家东下,予动归念切。不随省府,又无款能单独行动也。

十六日　晴　月色佳　十月廿一日　星期日

早起。饭后至县志馆,约陈、张诸人,因今日王原一秘监请客也,同席者均熟人,仅凤喈因病未到,鱼肴均美。午后半时席散,予又同贡九到城内,刘子夔请客也,同席者王晓耕、陈右军、谢珈航七人，菜亦佳，予以饱未多食也。傍晚归，疲甚。

十七日　晴　十月廿二日　星期一

早起饭毕，至师院授课。归闻陈志纯今晨已同通志馆车行矣。午后又至师院授课，四时半归。此月及上月廿七起，已共晴十八日，亦奇事也。

十八日　阴晴　晚小雨　十月廿三日　星期二

早起。饭后至省府，午后有课未去。晚朱、李二生送纸来乞字画，已许之，缓当落笔也。

十九日　阴晴　十月廿四日　星期三

早起，以信送陈康时，请其带沙市大赛巷四十七号交罗国贞，以函及诗本二册送谈君讷。陈、谈今日赴巴东，予因往送行。师院有课，今日以时间来不及未去。午后在寓清理各事，接石仲章自武昌来函。

二十日　阴小雨　十月廿五日　星期四

早起，写复各处函。午后一时王绩三来寓，请其诊脉，并请为予立药方，二为梦闲立药方，均云系湿热所致。留便饭，四时半再请吃饭，晚间又谈甚久，乃别予回寓。十一时半寝。

廿一日　晴　十月廿六日　星期五

早起，写复石仲章、张昭麟二函。十时干青约陪绩三饭毕，予往省府取得十月份米贷金，并所欠包谷贷金，其数为八千四百元。归后干青又请斗山、茂先及予吃晚饭。今日接范寄沧快函，云铨叙部可恶，办事人员遇事把持一切云云。细思吾鄂之人事处亦何独不然，以予数次所觉察者，每一件公事出门最速者须六个月，以后如有询问者，必以官话答之，此等办事人员均可汰去，当减省国家许多经费矣。晚未作事，十二时寝，多梦，转钟时咳嗽甚，不安枕。

廿二日　晴　十月廿七日　星期六

早起，闻胡凤啨先生患病，往视之，似甚重，上部及头脑抽筋，凤老年龄高，连日又闹酒，致疾之因也。午后至省府探问行期，第二批人员东下，秘书处改列在前，颇为合理。五时回寓清理各事。晚十一时寝，时时咳，极不安。

廿三日　晴　阴　小雨　十月廿八日　星期日

早起。十一时至土桥坝买零件。十二时与贡九等至王原一公馆，今日同席者翟、周系省银行职员，馀均为汉声社诗友，凤啨因病，豫生早已归去，春霆前三日已行。午后一时开席，鱼鸭烹调极佳，馀菜均好，三时席散回寓。晚间清理各事，十一时寝。咳嗽甚重，清痰如水，今日师院夜宴饮酒过多。

廿四日　雨　阴　十月廿九日　星期一

早起，至师院上课，教应用文，提前讲毕，另教作对联法，扼要处一一提出。午后有课未去，昨日咳嗽四肢俱软矣。晚十一时睡，服同逵堂止咳丸一粒，熟睡至天明时仍咳，较昨日轻。

廿五日　雨　夜雨达旦　十月卅日　星期二

早起。午后至师院授课二堂，归途足软，疲乏不堪。饭后至县志馆一谈，闻凤喈疾稍减矣。回寓阅杂书，作曲水洞题名《石上小记》。因春霆先生已走，所作叙未交出，前日公推包贡九为小序，既许而又后悔也，又函托予代作，此等小事竟互相推诿，如此前月又何必倡此议哉？天下事皆所作如是观之，予秉笔信手写来，一小时成之，叙大略而已。睡后咳嗽未愈，仍先服止咳金丹一粒。

廿六日　大雨　十月卅一日　星期三

早起。今日上午有课，予未去。午后段家庆来，述及汉口物价，并云天晴即往资邮到武汉。晚间阅杂书，十一时寝，咳嗽未减。

廿七日　阴　小雨时作　十一月一日　星期四

早起。饭后至省府领十月份薪津，十月份凭证分配米盐等物俱停止矣，发米贷金五千元，问之何以止此数，出纳股云尚未算出，他机关米贷金一万二千元之数也。晚间清理各事，十二时寝，寝后仍嗽不止。

廿八日　阴　小雨时作　晚晴见星斗　十一月二日　星期五

早起。饭后未出门，嘱工役做箱子夹板三套。为张祖成写大红联一副，为朱荣禧等写单条三张。晚闻志馆王先生云凤喈病甚重，但神智尚清云云。阅报，今日无紧要事，仅铨叙部示今年年终考绩办法，各中学学生复员后须注意甄审资格云。晚十一时寝。

廿九日　晴　十一月三日　星期六

早起。饭后至省府问信。午后至福音堂医院看胡凤喈先生，病甚重，人已消瘦无精神，声音低微，惟尚能认识人耳。予以其音低未与多问，虑其不快且问话多牵动感情，或有伤心之处，仅与其弟妇道明来看之意。又闻其长子今日可到院云。今日阅报，共党贺龙等已率大队攻取绥远，而鄂北共党亦起向河口进攻。如此则前者渝迭次会议，前月所宣布国共合作诸文告皆伪也。近一旬美苏情况不佳，苏亦强硬出面，对美军占日本后种种反对，其对中国共党明助之，其势力增长，将来似有一战之势矣。傍晚王茂先请吃饭，同席者仅常某、杨益如，素非相识者，馀则笃周、校文、贡九诸人。八时归，九时誊写《曲水洞题名记》稿，省之又省，尚有三百字，已无可再减，盖为省刻工工资及少写字数计也。十二时寝。

三十日　晴　十一月四日　星期日

早起，清理各事。午后整理昨所拟《曲水洞题名记》，张笃周又请至其家吃午饭，同席者王原一、熊裕为主客，馀则校文诸人。晚间已将曲水洞刻石文稿字数算清，嘱县志馆将格子打就，便于书写。此文简之又简，亦须三百馀字方说完。前叙事，末段云："噫！国难八年中，同人寄寓于施者，每以国仇家难萦绕胸臆而增其于邑。曲水洞山水幽阒，足以涤荡心胸，驱除烦恼。当风日清丽之际，为吾侪遣愁解愠，使忘客中之苦者，似不能不归功于凤喈、笃周、聘卿诸君。且吾侪西迁之始，激于义愤正气，数年来坚苦自励,故其为诗也,皆寓平戎杀敌,恢复中兴之志。非如南渡衣冠,恣情永嘉山水,不谋复国,流连忘返者可比也。今倭寇屈降,社友之非土著者均计日东下,为雪泥鸿爪之说者,谓镌石题名,永留纪念,且可为他日重访之证,因属继昌撮述曲水洞结社缘起,书于题名之首。乙酉重九,鄂城朱某记。"云云。晚写就四分之一,十二时眼朦乃寝。

十月

初一日 晴 十一月五日 星期一

早起,至师院上课,国文系应用文已教毕,便与诸生说明予提前回省之意。午后又去授理化二年级生国文一篇,亦与上午所说同。两班生均有感情,对予表示敬意者甚多。晚间清理各事,拟写曲水洞记以疲甚中止。

初二日 晴 十一月六日 星期二

早起,清理各事,至省府探问各事。午后至师院教理化三上国文一篇,便与诸生言及回省之意。此班予教已三年矣,甚有感情。四时半回寓,饭后疲甚未作事。毕斗山今晚已搬至土桥坝,去备明日搭车云。

初三日　晴　十一月七日　星期三

早起，至师院授课。英语系二年级生未上国文，仅与泛谈时事，说明予即日离施之意。第二时未上，与告别而已。此班已教一年馀，感情甚好。十二时李绶玺、朱翰昆、姚海舫、李蓝田四生坚约予至北门外洪胜园饯行，未便再拒。盖彼等为旧国文专修科毕业生，予曾教彼词选、曲选者，极有感情者也。同席仅舒连景、卢俊二人，午后二时毕。便看殷子衡先生，与谈一时许仍回师院，因舒连景亦为予饯酌也，同席汤、王三位，八时毕，嘱袁仲虬与一工人同送予回寓。十时即寝，疲倦甚，安睡一宵。

初四日　晴　今日立冬　十一月八日　星期四

早起，倦甚。饭后在省府领得川旅各费十九万伍仟馀元。午后清理各事。晚间写《曲永洞诗社题名记》，仅写四分之一，眼朦遂止，已十一时矣，遂寝。

初五日　晴　十一月九日　星期五

早起,补写《曲水洞记》,午后二时方毕。笃周、子奎来,俱为城内房子事,极可恨。当日万隆焜多事,累予等两月馀不安也。四时至师院,借支本月份薪金,以图章交舒连景保存,并领欠薪也。五时半归,疲乏甚。十时以后清理各事,明日场期,凡不能带之物便宜售去,十一时寝。

初六日　晴热　星月有光　十一月十日　星期六

早起,携房约合同至城内会李鸣琴,以直率之言嘱李出洋十五万元将原屋赎去,以半价退彼,彼甚愿意也。十时李同予至省银行取款,久候方取得,又系大票,用包袱提归。着衣多,汗出如沛,回寓衣已汗透及二层矣。饭毕匆匆搬衣物至省立医院刘绍湘处,疲乏难状。又嘱家人再清各物,减简为好。十一时半方寝,转钟四时醒,似闻雨声一阵。刘仆已造饭备早餐。予心烦甚,天将曙,大雨鸣矣。

初七日 雨 十一月十一日 星期日

六时半起,匆匆饭毕。刘绍湘带同佽役四人并刘仆送行李与予眷属三至站,衣履俱湿,麻烦万分。扰扰过磅装车,至九时方开行。沿途修理,到建始已下午三时半。刘晓庶、石逸兄弟及谢子伯在站候予谈话,交款二万五千元,又笔墨约值四万馀元价格者与之,彼与迪轩合贸,已折本六万元之谱。因车须赶到茅田,未与多谈也。傍晚车行山路,极危险可怕,八时半方到站。觅食住处不可得,乃至警局访刘觉如,所员已睡,呼之起,遂觅得楼上大房一间,宿廿馀人,饭毕十一时半,遂寝。

初八日 雨 下午三时转晴意 晚见星月 十一月十二日 星期一

六时醒,闻又下雨,心焦灼甚,而司机云车机已坏,又须修理,至十一时半方开行。自是机器灵活,途中畅行。至朱砂土,由黄站长介绍住一店,廿五人均住其中,九时半饭毕,十一时寝。

初九日 阴 晴 雾 十一月十三日 星期二

五时半起,六时半早点毕,七时开车,九时半抵巴东。觅旅店不得,乃与方白、立庵、运筹,径向张县长要求寄宿之地,承其饬警察队让房三间,居廿五人,乃得安宿焉。自是各机关来索房屋之人均无以应之,晚早寝。

初十日 晴 十一月十四日 星期三

六时即起,因人多扰扰不能睡。饭后访熊予佛,寒溪中学学生,进来巴东开医院者,闻收入多。与谈旧时一刻钟即出,自是往各处打听车船,无甚办法,迁复委员会害人不浅矣。晚与方西等拟一电文致武昌王主席。

十一日　阴　十一月十五日　星期四

早起,将昨晚起电报稿重写一次,与方酉、立庵、运筹送县长发出。午后往各处看客候船,无消息,闷甚。今日往访沈岐生。晚寝咳嗽甚。

十二日　阴晴不定　十一月十六日　星期五

早起,闻轮船无消息。正午张县长用七机关名义请予及方酉、运筹、立庵等十八人。午后二时胡济楚院长请予及江炳灵、周奎禾三人便饭。傍晚归后,咳嗽不已,因初十日熊予佛请予吃饭,饮酒伤肺又触咳嗽不已。今日发刘绍湘一函。

十三日　阴寒　午后雨　十一月十七日　星期六

早起,连日晚咳声已嘶矣。饭后探船无息,武、施、宜均无回电。傍晚秘书处同人来此开会，讨论轮船到宜事，结论雇木船，候回电再夺。今日阅宜昌、武汉日报十四日出版者，并载予之《偶忆集》一篇，不知张昭麟何以登出也。咳嗽未愈，晚睡极不安。

十四日 阴雨 寒 晚间时见月色 时有小雨大风 十一月十八日 星期日

早起，咳嗽未愈。与方白等六人请张县长又发出电报二件，分致宜昌、武昌。候船何时可到，当局不顾及公务员，尚续作欺人之语，徒增其罪过而已。万大煃请予等九人午餐，酒肴均佳。席散后仍回寓闷坐，晚咳嗽不已，寝后又咳，至坐床上围衣约一时许乃再睡。鼠嚼物，屡驱不去，楼下小儿啼哭，男妇谈笑声扰扰二小时乃已，其可恶矣。

十五日 阴 风 大雨 十一月十九日 星期一

早起，天气转寒，予咳疾仍未愈。午后同王茂先、高运筹至省银行打电话与王原一，未能畅通，得复王小耕电文，敷衍而已。予等何日能到宜昌，不得而知矣。晚间又至县府请张县长雇船。

十六日　阴　晚有月色　十一月二十日　星期二

早起，闻船无消息。午后与高、沈诸人访万大煃处长，并在秋风亭耽延一刻，阅同治间一碑，仅述寇莱公治巴，而秋风亭名义未解释也。晚间商雇民船事，未安，寝后咳稍愈。

十七日　晴　月色如银　十一月廿一日　星期三

早起。饭后与施、蒋、高诸君游悟源洞，见沈岐生作碑文名"兀渊洞"，予从前闻巴人云为"无源洞"，不知谁名为确也。至山上一观，房屋俱圮，机厂已拆，兵工正在拆废铁外出，与予廿九年秋冬两次过此则大异矣。此则不胜今昔之感者。归寓，闻木船亦无办法，令人痛恨迁复委员会诸人。

十八日　晴燥　月色佳　十一月廿二日　星期四

早起，至省银行汇款三万元，以一万寄李晓波转谭，则锦文借款也；以二万寄万隆焜，锦文卖屋股款也。傅观行襄办代招呼，因主任王禹九不在行。傅云此款二旬可到汉，云谢南山一家九时乘木船至宜。晚间轮船有消息，谓明日可搭数人。

十九日　阴　晚小雨　十一月廿三日　星期五

早起。饭后谢正清一家乘木船东下，予便托箱子一口，又带一函与陈国苢。今日午后三时民彝轮到，张县长来云，明天可搭六人云云。发万隆焜快信一件。

二十日　阴　小雨　风　晚下雪子　十一月廿四日　星期六

早起，腹泄痛，连日食油腻多，胃消化已失常也。张县长来云，轮船装军队，不易搭上。午后至河干寻木船数次往返，予足力不支，巴东俱山坡，县府距河下大概有五六丈高。此种凶山恶水之地，故前清二百八十馀年中，科名无一中举人者，非偶然也。九时寝，腹痛，先如厕，天未明腹又涨痛，如厕似有积滞。

廿一日　阴寒　晚晴　十一月廿五日　星期日

五时半起。饭后闻今日木船可雇到。予今午腹胀仍未愈，又如厕，午后因少食。傍晚箱笼等件下船，予亦未下河去看船，嘱梦闲押送物件下河。九时寝，张县长来谈甚久去。予十一时寝，展转不寐。

民国三十四年(1945年)　十月

廿二日　晴　晚大风　十一月廿六日　星期一

四时起,下河时天未明,予与方白、运筹、庆林各眷属同船,共开船三只,连同交管处二只同时开行。予船久候划夫不至,最后开时已九时半。到泄滩起岸,步行在街上吃饭,连开施方白翁媳账为一千九百馀元,可谓奇贵。下船久候宛思演不至,耽延半时许。又添划夫二人,遂赶至清滩食宿,觅得一家尚安适也。

廿三日　晴　寒　十一月廿七日　星期二

四时起,行李上毕天始明,寒风砭骨,予等为东归而受苦者多矣。新滩闻无甚险,众人亦未起岸行。予船中划夫懒,每行在各船之后。行十馀里,见前有覆舟,起救者已三分之一,安流失事,想系舟子疏忽所致。在坡上晒湿衣多系军人或军人封差者也。晚船到宜昌,闻旅店人俱满,觅位置不可得。予上岸一次,心烦甚。晚与高运筹家眷等十馀人即宿原船中，风寒甚。江庆林等已上岸，带眷起坡。予与高宅诸人在船中宿。左右邻舟皆省府所属职员家眷，寒风时时入舟舱，予以体弱更难受也，竟不成寐。

廿四日　早阴　午后五时大雨　十一月廿八日　星期三

早起，上岸欲问住处，竟未寻得。仅与定儿早点后仍回船中。张伯铭在途遇之，约之来船边谈话，并详细告其弟仲心在甘情况，谓今年必回汉口看看，谈约半时乃别去。十时梦闲上岸买物，途遇丹阳，遂约之至船上来，携箱子到其家吃饭，候上轮船消息。其父母为予安置寝处，予以足软，未能寻王文旃、陈季明、龙汇东也。遂命丹阳送信与陈、龙二人，遂就丹阳寓吃饭，谈近事殊多感慨也。饭未毕，惠东来谈半时并送洋四元与定生。季明与文旃路隔远不能来谈，予以急欲上轮，冒雨与惠东别。上轮后值大风雨，中午所占上卧地，值栏干旁，大风难受。一水手与茶房云，舱底舵房下四铺尚空其一，请予以四元购之。急不暇择，遂嘱该水手搬卧具入内。则上铺有张兆良者，九师校总务长也，问之亦系以四元购得者。此轮为建设厅所辖,而另买铺位,此次照料归省人员,起初无办法上轮,后又无卧地。宜昌专员蒋铭、公安局长陈康民事前接予等信不招呼,到后亦无照料之法,着人请之亦不来。闻轮要开,十二点钟时蒋、陈到船道歉匆匆去。闻天门职员有詈骂者,蒋天门人也,噫!蒋与陈皆势利辈,何足道哉。予以疲乏甚,又扰扰一时许,心烦甚,未能安寝。梦闲与定儿均仍在楼上宿。

廿五日 阴 十一月廿九日

晨七时开船,早饭与梦闲同食,丹阳送有路菜。午后由舱上梯出入极困难,人多气味浊,出则吐清气而已。间与施方白、高运筹、蒋立安闲谈。晚九时寝。惟今夕七时泊船地点属枝江罗家河,距市尚有八里,芦苇荒凉可怕之至,众人质问舵工负责,何以泊此处,彼答云时局不静,崔苻未清,不敢近岸云云。

廿六日　阴　十一月卅日

晨六时开船，予头痛甚，嘱内子请蒋立安看病，但船中无药治，乃觅得八卦丹、万金油搽服之。下午七时泊沙市上十里之地，亦未靠岸，云此地亦不安静。

廿七日　阴　十二月一日

晨六时开船，七时抵沙市。予随众人上岸购物，天时早，尚有未开门者。闻市面亦萧条，购得独大蒜二罐及零件。始见伪储币十元、五十元一张者，汪逆财政部所出也，害人不浅矣。上船后早饭，十二时开船。下午四时泊牌洲，嘉鱼县属大镇也，生意甚热闹。予与梦闲到街上吃饭，问医生知沈宝衡尚在，遂访之。至其家与谈前事及现状，彼已六十六岁矣。述同学沈雅樵前年已死，后人尚好。沈宅木炭火烈，予未能久坐，遂别出。晚间本轮管理员余某、大副刘某约黄乃真并二水手、账房，饬其不能收予买铺位之费，谓政府现在清明矣。去贪污二水手，乃认不收款。此因今晨予洗口时与黄遇，言必以此事告知王主席者也，黄责余、刘，遂请予到面问明此事，予下楼时该水手犹向予索买铺住款，或减为二元给之。噫！此建厅所属之轮船人员也，其意盖官革私不革。若辈恶习对官厅如此，对予东归人员如此，遑问旅客与小民哉！继该水手乃使小伢来向予索少数酒资，予以恶言拒之。

廿八日　晴　十二月二日

早八时开，计算今晚可抵武昌，各人整理衣物等等。下午船到京口上七八里之地又泊之，据管理人言，晚到武昌，虑城内有敌伪未清也，遂泊于此。

廿九日　晴阴不定　十二月三日

早九时开船，先到汉口停一时许，职员在汉口俱起去。过武昌时正午靠岸，省府并未派人来招呼，由予上岸呼挑子、人力车，俱讲价，仍似从前恶习，索价昂。予与梦闲将物件交清，嘱彼等随人力车押送行李，予先乘车至保安门住宅，中门已闭，由照相馆进室内，无桌椅可坐。西边田姓尚未迁，至前宅堂屋中，则破碎不堪，尚有一老叟与其女居予客房中不肯出。地板已毁大半，晒台一座，闻各家分拆作薪已久。后重则毁，而由孙寿山饬住客以随时修补抵租金者。梦闲与定生及万氏、艾甥女同至，借田姓板凳坐问各事。田茂林，北方人，开酒肆照像者。宋常玉非善类也。予虽怄气，幸有宅存，略自宽慰。饭由田家供给。迟生来，万氏与甥女同去。予晚宿前房地板上。此屋三重，战前存物无一存者，心伤感甚，推想鄂城住宅亦如此，睡难安也。

三十日　晴　十二月四日

早起。今日孙寿山请予全家吃饭，十时去，详谈八年中事，予深感寿山道义，为予保存此宅。陶宏生看屋，由胡升所荐者。彼在予屋中偷各物，与宋常玉一气，陶现畏予不敢来。宋对寿山尤无状，此小人须逐出之。

冬月

初一日　晴　十二月五日

午前外出，各商店俱在八铺街，颇热闹。午后访问未西迁各友人。

初二日

扫除各房渣滓，嘱迟生来家，问各事。后房老叟南京人，晚卖油条。

初三日　晴　十二月七日

今日写信四件，分寄鄂城朱茂林、胡林桂堂等，嘱即派人来帮忙，又寄夏炳臣父子信。下午至省政府问传达，嘱予以后各处来信径送予宅。民政厅孟庆、彭传达尚在。

初四日　晴　十二月八日

今午刘伯阳昆季、高畏之同来访，谈近六年来事，彼等由鄂东行署先来省城者，乃悉闻乡间游击队、新四军、日伪军队各事甚详。

初五日　晴

今日胡林邦友来家，述湾间近七年事甚悉，嘱其打扫各处。孙寿山荐木匠来整板壁、地板、楼板、窗棂等等。

民国三十四年（1945年）　冬月

初六日　晴

今日约定对门朱匠瓦来估价整屋取灰、买瓦等事。

初七日

今日胡林来人，俱系北头及大小分诸人，南分尚未有人来。

初八日　晴

早朱姓匠人带来四人检屋，予嘱瓦要全翻，遇敌机炸震破者不少，命邦友挑出瓦片等、渣滓等，邦友能吃亏作事。县中孟祥焕来。

初九日　晴　有月色

连日整屋，须趁天晴，每天仍四工人。午后访葛芝岩，为佘桢请恤金事。今夕有月色，予至八铺街买杂货，长街仍无生意，大店均未开。八铺街自日伪划为难民区，已七年之久，故生意仍佳。

初十日　晴　十二月十四日

今日午后迟生自县来，带箱子二口，一为吴家大湾取回祭幛裁料廿馀件，一为胡林取回历年日记，幸完全无缺。彼述县中各事，多怄气者。予嘱其即回处销假办公，并关注佘桢恤金等。天顺自胡林来，留与邦友同在此。

民国三十四年（1945年）　冬月

十一日　晴　月色佳　十二月十五日

嘱天顺购厚洋纸十斤裱房。胡炳南来，云住汉口，予嘱其便在汉口买废报纸及厚洋纸糊房，留之晚饭去。连夕胡林南北头人来，认不清楚，均在此一宿二餐。天未明梦闲即起弄饭、烧茶水，予谓此结乡人善因也，亦是好事。每次同来者至少五六人，食米多，何以为继？又不便拒之，邦根则时来时去。

十二日　晴

今日胡林邦臣、太丙、北头炳文来，以酒食待之，皆关心予在施南者也。邦根又来，予凭邦臣、炳文之面，嘱邦根自认前欠之六十元，除丁丑冬在乡间抵吃肉账，尚久七元作为让□，馀卅元作为法币，卅元由法币又变为十元银元，但彼面认此时无钱，俟予回乡再说。又一欠账也。此人将来必无好结果，随予二次作事亦有馀资回乡，不知先母在时何以受其骗而借去六十元也。

十三日　晴　月色佳　十二月十七日

今早胡丙南又送旧洋纸五斤来,下午天顺已将大小五个房裱好,省工钱五元矣。

十四日　晴　晚间月色佳　十二月十八日

今午请客一桌,有蒋立安、张文炳、包贡九等八人,有庆同生还之意,晚间散。

十五日

今天又请石砥中、王晓耕、高运筹、冯挽澜等九人,午后三时尽欢而散。

民国三十四年（1945年） 冬月

十六日

上午乡间又来人，留之饭去。下午五时请葛芝岩、周印澄、汪文伯等八人，九时席散。

十七日

今日迟生又自县来，已调查佘桢事实、家庭近况，予函请芝岩早日送中央请恤。佘桢在汉口税局亏公款，为子祥开除，追保人佘炎甫赔垫者也。生前亦欠孟内子洋十元，内子故后彼曾来寓一次，谓赴浙就军队事。己卯予在宜昌行署负责时，得浙省府来文，根据其保安团长转拨浙省府请查佘之原籍家属，乃知其以中尉第三连连长战死于浙诸暨桥边，以日寇围攻急未得收骨。予以文到日期记在日记中，设非彼与予为襟兄弟，亦不记也。近日连次至省府查案，则宜昌行署文卷遗在巴东巴东作行署不过廿馀日。乡间某宅均未带回，乃根据予日记简文，有主席、团长名及保安队番号。得葛芝岩慈心为之请恤,亦亡者之灵欤?伤哉。

十八日　晴
十九日　晴
二十日　晴　十二月廿四日
廿一日
廿二日
廿三日

廿四日　晴

以上数日事繁杂未记,而时时有胡林、朱汤庄两姓人来访问,留饭食及说话太多,精神疲乏殊甚。予命不辰,值国家大变,数代前人遗物俱为本地及乡间日伪抢尽。回省后得空宅,无一物存者,事事需钱,幸当日在恩施兼国师院教授,乃有一份馀款,此则卖气力之薪水也。回忆根生儿死于宜昌,遗骨则先拟带归而未实行者,尤为伤心之事,每晚展转不寐。决计早回鄂城省视各祖墓,志予得生还之幸。

廿五日
廿六日

廿七日　晴　十二月卅一日

连日俱晴,屡欲外出而车价昂。予归已匝月,人事之劳顿万状,现已头脑晕痛。周宅又屡问迟生婚期,予答明年四月。盖每日大小事无时不回环于予胸臆中,此数日已呈病态矣。阳历年,闻省府悬灯举行典礼。

廿八日　阴　中华民国卅五年一月一日

早起,今日以身体极不适,省府元旦典礼未去团拜。午后身发战,口噤,似已患病,晚间发热,不思饮食,急卧，心烦乱殊甚。

廿九日　阴　一月二日

予病似伤寒，请石砥中来诊，泮香、资生来视予疾，饮食少进。

三十日　一月三日

病中不食，大便不通，四肢无力，发热未减，服石先生药。王文旃时时来看予，以在汉口谋事无成，请予写信介绍回宜昌，许以向财政厅转乞陈邦焘、易泮香设法荐税局事。

腊月

初一日 晴 卅五年一月四日

予病未减轻,仍服石先生药,彼谓无危险,仍大便未通,加服泄药。

初二日 一月五日

病未减,石先生来诊,谓须吃大黄等剧烈之药,晚十二时乃泄出黑色硬粪,气稍松动矣。

初三日　阴寒　一月六日

今日稍稍进饮食，文旆来请写介绍信，已托泮香、寿麋共荐宜昌税务局，予另写函介绍县府，又托惠东转向县长谈关系，冀其必成一事也。

初四日　阴寒　一月七日

病已减轻一半，石先生仍来开方，谓须补中益气。午后三时黎子玉引天保元主人张永年来谈，介绍张为金牛人，在省行医多年者，谈一时许去。今日乡间又来人，食米多。予自东归，仅有参议薪，此次修屋及付鄂城家用，前存款已无馀。乡间来人谋事者一一荐出，如松林、邦根、邦林等，吃饭十馀日，又天顺之内弟亦已荐出，邦友之弟又来，来即患病，卧左边空房中，令人烦甚。

民国三十四年（1945年）　腊月

初五日　阴寒　一月八日

予病现能起坐，饮食已增。正午萧中庸、杨济民自汉口来看予，谓昨自县搭轮到汉办货者，述县中近年事甚详，闻之慨叹而已，坐一时许乃去。

初六日　一月九日

予病已大转好，食量已增。

初七日　一月十日
初八日　一月十一日
初九日　一月十二日

初十日　一月十三日

连日予以病愈又操劳家事矣。邦友之弟病重，嘱来此乡人抬之归，给路费，催其早行。予昨夜闻其呼声惨，虑有变。梦闲命送者好好招呼，抬之行。

十一日　晴　一月十四日

今日胡林太平来，予留之住，俾回县时有人招扶也。清理家中各事，买田宅所造纸烟四包，价四元，并杂物送人者。命太平傍晚去打听汽车。予早寝。

十二日　晴　一月十五日

早起。七时迟生来送予至车站，太平携包袱，遇陈站长，招呼坐司机旁位。今日搭车人多，木炭车行甚迟。下午三时到县，车已入城。予下车后不辨方向，过萧和兴铜货店，见敦五之妻立门首，乃略坐问各事，耽延片刻。回家见住宅独存，甚喜，但破朽不堪。然设非朱茂林住此八年，早被奸民拆尽。细纯女在家住，无可靠者，与内子谈各事。亲友之近者来看予问好，勉答之。疲乏甚，未外出。视堂屋中金匾与祖位龛尚存，先母灵位前一旬已送焚矣。

十三日 一月十六日

早起。各戚友来看予者多询往事，感慨多耳。午后访段继李县长。

十四日 一月十七日

早起。九时外出看戚友。午后老友张渭泉、王文旃均来久谈。乡间有胡、朱二姓族人来。友人已死者为傅象虚、姚福坪、张叔华，闻受日寇死于乡间，可怜也。晚间段县长及公安局长并三位科长来访,先后谈甚久。予非士绅,而戚友之来述官司、谋事求荐函托情者尤多,一律拒之,颇以说话为苦。孙少恒来多次。

十五日　晴　一月十八日

今日带信与袁夏村、芷青等,嘱其来勿惧,夏村系嘱文旆示意回乡者也,以其曾任孟端溪伪县府科长者,孟发财已死,彼则两手能□□也。

十六日　晴　一月十九日

上午九时早饭毕,带同洪英、祥焕出城祀先祖父母、先叔父母墓。至姚家垄谒先父母墓,均完好,视亡室孟氏坟亦好,前闻坟上有蛇蜕,坟右有一小洞,不甚深,滋予疑。据土人说,此地甚佳。各坟视毕归已下午四时矣。晚间具供祀先父。今夕为先忌日,呜呼,父殁已卅二年矣。思往事泪涔涔下,以父灵予得生还里门,亦幸事。九时段县长来商各事，予嘱其不必求治太急，惹许多反响，彼首肯去。

十七日　晴　一月廿日

今日乡间吴表嫂来述各事。乡间连日来人，胡林有人来接予回乡，予答以廿一日动身，先派三人来抬轿及挑行李，十九晚来县宿。继李来商各事甚久去。

十八日　晴　一月廿一日

今日外出至太平桥等处，日本军官兵士甚多，囚首奄奄，昔时作恶情状已灭，今如丧家之犬耳。噫！孰谓天道不好环哉。

十九日　晴　一月廿二日

连日成衣匠在家做衣服，并为予改皮袍子已成，取裁料十件带省宅。晚继李来，必欲予写信致省府说明处境困难，免除一切。予嘱其起草，予亲笔写付先发出。又与说明东门大庙不可拆，新成古楼不可迁至城外，彼先有古迹集中之谬说也，彼采纳。予言乡间仍不靖，予向之借二警送予。

二十日 晴 一月廿三日

县中近来以段县长刚愎难进言，每每乞予缓颊，予委婉向段言，迭次言之，谓为政之道以顺民心为主，"欲速则不达"，圣言也。胡林下午来四人，清理，明日回乡。吾乡人嗜纸烟，带五条回去作礼物。县府来云，明日派二人送予，又派胡巡长同护送，胡为北头中发之子，并非好人。

廿一日 晴 一月廿四日

早六时任科长来，谓已关照葛店警察局，知予此次不能搭汽车，乘舆须在葛店宿一夜也。八时半，太炳等五人吃饭毕，予乘轿出城，经县政府门首，见六七日本人为段县长检瓦整屋，此次免费请工亦利用之法也。行一时半过樊口，在茶肆休息。下午一时到胡林，先过大，族中男女聚观。弼臣等来迎，遂步行同至大湾。在贵堂家中休息，提及旧时事予下泪，自是来观者多，各有慰借。朱阳春约朱姓礼堂、春堂等来，予答语多，疲甚。晚饭后即宿贵堂家，族间来访问者，至夜深乃散去。予以被厚不能安寝，又类伤风。

廿二日　晴　一月廿五日

早起，通知四分长者今晚到祖祠开会，为族学复校事。朱汤庄趋廷、礼堂等亦来请予计划族学事，面示各语。予不愿到湾中，彼等坚持请予去，许以明午必到，乃去。下午晚饭提前吃，六时四分管公者均到，富户未管公者亦来从予说明各事。恢复族①须先筹集小款，以便添补

---

① 族，后有脱字。

桌椅之用，立一捐册，予首写十元，邦臣与中份大北头家事好者写十元，至少者写四元，即日收齐，存太经受理。说话多，开会至十二时乃已，疲乏不自持，仍宿贵堂家。

廿三日　阴　一月廿六日

早起，分付湾间办学诸人切实交款，明春一定开学。我乡读书人少，教育落后，殊可耻也。正午朱汤庄来人抬予到湾后，与趋廷、礼堂说各事。彼为予具筵，请吕叟等四人作陪。予以扼要语均与礼堂等先言甚详，不再述也。饭毕仍乘轿回胡林，由四分各派一人送予明日回省，预计在葛店宿，清理各事。嘱县府所派卫士二人，明晨回去，到葛店不需彼等也。晚间大南头人家以日伪据湾时被讦受屈，均来申诉，说了三小时仍未已，予疲甚卧床上，夜已过十二时，而贤君、贤遂、次山及和尚乳名。之父母又来声明被诬情事，予闭目略答之。族中如此多事，何能久居耶。此真处苦境矣，鸡鸣时彼等散去。

民国三十四年（1945年）　腊月

廿四日　阴　一月廿七日

公众早具饭，九时吃毕，抬轿及挑子俱来，胡巡官同行。以天气短，予催舆及挑子速行，沿途秩序尚好，惟火食甚贵，予在路中打尖二次。下午五时到葛店借宿警局，馀人由胡巡官分配各栈宿。警局长，黄冈人，任科长亦来葛。予写条子饬警士在街寻张肖鹄，急思一见者也。八时肖鹄携其两学生，又陈恕初亦同来，叙别后事。肖鹄欲予过其家，距此尚有六里，予辞之，谓此次因不能坐汽车，岁暮又须到武昌寓，明春约期来葛相见，肖鹄谈一时许乃去。予宿警局亦不安，又虑天气有变，途中雨隔难行，展转不寐。约李生，竟未来。

廿五日　阴　一月廿八日

早起，催众早食早行，与警局长相别。胡巡长奉命送予至新店，未便止之，嘱其今日必回县报告段县长各事，胡送予十五里乃返。予催轿夫、挑子速行，下午五时到家。嘱家人具酒食，另给洋与众人作压岁金。乡间来者仅邦元、邦恩为兄弟辈，馀则侄辈，不可令其心中不快耳。

廿六日　晴　一月廿九日

早具酒食款胡林邦元等，食毕，嘱其早回乡，彼等定乎今夕可到家也。

廿七日　阴　一月卅日

早起。午后到省府访王原一，述明回乡后所得城乡近状，政府须与民休息。因此八年中人民曾完四种捐税，而游□又分三种税，被日伪所冤杀者各乡甚多，以吾邑推之，被沦之县无不如此，此情主席须知之。老百[①]曾过恐怖生活，汉奸及下等流氓为日本鹰犬者，杀人报复抢劫民

---

① 百，后疑脱"姓"字。

财，此不可赦者也，王许转达主席苏民困也。谈一小时，为段继李减少派伕派米事亦允传达。予出便访同事诸人。

廿八日　阴　一月卅一日

今晨进祖宗，九时家人具酒肴吃年饭，旧例。噫，西迁七载未行此礼。今日生还，忆吾家旧例乃得行之，亦快意事。下午外出访高、蒋、谢、包四家家人，略坐谈归。嘱炳臣打扫舍宇，清洁内外。连日购应用旧器俱、桌椅等件，去价尚廉。

廿九日　晴阴不定　二月一日

早起，嘱家布置各事，曩者除夕祀祖须化包袱。先君在时年年举行，先君捐馆后，予亦躔此礼。今夕具供仍行之，惜仅烧楮，因未写包袱，予病后亦懒于写楷字也。晚九时略备酒肴自饮自慰，以病体新痊未能守岁，嘱梦闲招呼火烛，十二时遂寝。